푸른 눈, 갈색 눈

A Class Divided
Then and Now

푸른 눈, 갈색 눈

세상을 놀라게 한 어느 반 수업 이야기

윌리엄 피터스 지음 김희경 옮김

한겨레출판

제인 엘리어트

그리고

1970년 그녀가 가르친 3학년 학생들에게

차례

일러두기

— 이 책은 윌리엄 피터스가 쓴 《*A Class Divided, Then and Now*》(1987, 증보판)를 우리
말로 옮긴 것입니다.

— 외국의 인명과 지명을 비롯한 고유명사는 국립국어연구원의 외래어표기법에 따라 한글
로 옮겼습니다.

— 책은 《　》, 신문 · 잡지 · 시 · 노래 · 텔레비전 프로그램 등은 〈　〉로 표기하였습니다.

— 책 또는 영화는 괄호 안에 영어 표기를 넣고, 국내에 번역 소개된 이름을 밝혀 표기하였
습니다.

— 본문의 각주는 옮긴이가 작성한 것입니다.

1부

1

여느 평범한 날 아침이면 제인 엘리어트(Jane Elliott)는 아이오와 주 라이스빌(Riceville)의 초등학교에 일찌감치 출근해 사랑하는 아이들과 만나기를 즐거운 마음으로 기다렸을 것이다. 전날 중단된 수업을 열정적으로 다시 시작하고, 3학년 아이들이 뭐든 새로운 것에 놀라는 모습을 보며 기뻐하던 그녀에게 하루하루는 아이들과 함께 즐기는 모험과 같았다. 학교가 끝날 때쯤이면 그녀는 아이들과 헤어지는 게 늘 아쉬웠다. 아이들도 종종 그랬다. 한번은 아이들이 학교에서 모두 함께 밤을 보내면 어떠냐고 진지하게 제안하기도 했다.

그러나 1968년 4월 5일, 금요일인 그날은 여느 때와 달랐다. 전날 멤피스(Memphis)에서 마틴 루터 킹(Martin Luther King Jr.)이 살해된 것이다. 엘리어트에게는 갑작스럽게 많은 것이 달라지게 만든 사건이었다. 그녀는 이날 교실에 가서 무엇을 할지 이미 결정했다. 이날 아침 그녀가 평소와 달리 출근을 망설인 것은 이 결심 때문이었다.

그녀의 남편 대럴드(Darald)는 자신의 일터로 출근하기 전에 네 아이가 제대로 먹고 옷을 입는지 완벽하게 보살폈다. 그녀가 학교에 조금 일찍 가야 할 특별한 이유가 있을 때면 그는 종종 이렇게 아이들을 챙겨주곤 했다. 그런데도 이날 그녀는 공연히 부엌에서 안달을 하며 한 아이에게 더 먹으라고 독촉하고 다른 아이에겐 신발을 바꿔 신으라고 말하고는, 커피를 두 잔째 홀짝거렸다. 그녀 스스로 자신이 학교에 갈 시간을 지연시키려고 뭉그적거리고 있을 뿐이라는 걸 잘 알았다.

마침내 시계를 힐끗 쳐다본 뒤 엘리어트는 어깨를 움츠려 재킷을 입고 다녀오겠다는 인사를 했다. 그날 아내의 계획이 무엇인지 알고 있는 대럴드는 윙크를 하며 격려의 미소를 보냈다. 현관을 나서며 그녀는 남편에게 얼굴을 살짝 찡그려 보였다.

그녀는 마음을 정했고 어떤 일이 펼쳐질지 분명하게 예감했다. 그 일이 두려웠지만 자신의 결정을 고수할 생각이었다. 당분간이나마 그녀는 28명의 학생 모두를 불행하게 만들 것이다. 잠깐 동안이지만 아이들은 그녀가 자신들에게 겪도록 한 일에 분개하고

● 흑인의 자유와 권리를 위해 싸운 인권운동가(1929~1968)

그녀를 싫어하게 될 터였다. 9월 이후 그녀는 학생 한 명 한 명과 따뜻하고 신뢰할 수 있는 관계를 맺기 위해 열심히 노력해왔고 그 덕분에 자신의 학급이 행복하고 서로 협동적이며 생산적인 반이 된 데에 자부심을 느껴왔다. 이날 그녀가 하려는 일은 그처럼 힘들게 얻은 유대감에 상처를 주고, 어쩌면 아이들에게 위협이 될 수도 있었다. 그렇기에 결코 즐거울 수 없었다.

그러나 이른 아침 차를 몰고 정적에 휩싸인 거리를 지나며 엘리어트는 점점 커져가는 불안 앞에 무릎 꿇기를 거부했다. 어쨌든 교사라면 뭔가 해야 한다고 생각했다. 근본적으로 의미 없는 일은 하고 싶지 않았다. 그녀가 이날 계획한 일은 최소한 효과적인 교육의 기회는 될 것이었다. 지금 당장 다른 계획을 생각할 시간도 없었다. 마틴 루터 킹의 잔혹한 암살로 받은 충격은 그녀의 마음속에 계속 울려 퍼졌고, 어쨌거나 오늘 해야 할 일은 꼭 해야 했다.

그녀는 바로 전날 밤에 오늘 하려는 일을 결정했다. 거실 바닥에 앉아 바느질한 인디언 천막 조각을 다림질하면서 마틴 루터 킹 암살 사건의 여파를 보도하는 TV 프로그램을 보던 중, 그녀는 공포와 분노와 수치심을 느꼈고 마음속으로 모종의 결심을 했다. 새벽녘이 되어 한결 침착한 마음으로 다시 생각해보아도 그 결정은 옳았다. 마음이 약해져서 결정을 바꾸는 것을 자신에게 용납하지 않을 작정이었다.

거대한 인디언 천막 안에서 그녀가 가르치려고 계획했고 이제 모두에게 벌어지게 될 일들은 전날 밤 TV에서 터져 나온 긴급한 메시지에 비하면 아무것도 아니었다. 이제 그녀는 갑자기 불거진 인종차별의 무분별함, 비합리성, 잔혹함을 아이들에게 설명하고 이해시켜야 했으며, 자신이 가르치는 아이들의 삶의 일부분이 될 수업에서 되돌릴 수 없는 기억으로 각인되도록 만들어야 했다. 오직 그 목적을 달성하기 위한 수업을 하자. 이것이 그녀가 밤을 꼬박 새운 끝에 내린 최종 결론이었다. 그녀는 자신이 TV에서 본 사건을 아이들도 보았고, 이 사건에 대해 아이들이 질문할 것이라는 사실을 잘 알았다. 그들은 이미 수업 시간에 마틴 루터 킹을 주제로 토론한 적이 있다. 이제 그들은 그의 폭력적인 죽음에 대해 이야기해야 한다. 그러나 이번에는 토론 이상의 것, 훨씬 더한 것이 기다리고 있다.

의심을 잠시 접어둔 채 엘리어트는 교실의 문을 연 뒤 불을 켜고 자신의 책상으로 갔다. 자리에 앉을 때 그녀는 학생들과 함께 인디언 천막을 세운 뒤 가르치려고 계획했던 아메리카 인디언 수족(Sioux)의 기도문이 앞에 놓여 있는 걸 보았다.

"오, 위대한 영(靈)이여. 내가 상대방의 모카신*을 신고 1마일을 걷기 전에는 상대방을 판단하지 않도록 지켜주소서."

그녀가 생각한 방식과 전혀 다르긴 했지만 이날 그녀가 가르치

● 북아메리카 인디언이 사슴 가죽으로 만든 신발

려고 하는 내용과 정확하게 일치하는 교훈이었다. 그녀는 불편한 마음으로 생각했다. 우선, 학생들은 그 1마일을 걸을 수밖에 없게 될 것이다.

그녀가 예상했던 일은 수업 시작을 알리는 벨이 울리기도 전에 일어났다. 한 소년이 교실에 들어오더니 뉴스를 쏟아냈다. "어제 킹 목사가 암살됐어요!" 아이는 흥분해서 말했다. "그들이 왜 킹 목사에게 총을 쏘았어요?"

"이따 같이 이야기해보자." 엘리어트는 출석을 부르고 조회를 마치고 나서 약속대로 아이들과 이야기를 시작했다. 모든 아이가 자신이 아는 내용을 말하고 난 뒤, 엘리어트는 아이들에게 흑인에 대해 어떤 말을 들었고 무엇을 아는지 물어보았다. 라이스빌은 인구가 898명에 불과한 작은 마을로, 뜨문뜨문 자리 잡은 농가에 둘러싸여 있었다. 마을엔 흑인이 한 명도 없었다. 미국의 다른 많은 학교가 그러하듯 교과서에선 흑인을 언급하지 않았고 흑인이 등장하는 그림도 없었다. 따라서 아이들이 흑인에 대해 뭐라고 말하든 그 내용은 전부 부모나 친척에게서 혹은 그녀의 학급에서건 이전 학년에서건 학교에서 들은 말이거나 드물게는 영화나 라디오, TV에서 들은 말일 거라고 엘리어트는 짐작했다.

예상보다 빠르게, 아이들의 대답에서 하나의 패턴을 찾을 수 있었다. 흑인은 백인처럼 똑똑하지 않다. 백인만큼 깨끗하지도 않다.

흑인은 자주 싸운다. 때로 폭동을 일으킨다. 흑인은 문명화되지 않았으며 불쾌한 냄새가 난다.

이 중 어떤 내용도 공격적 어조로 말한 아이는 없었다. 아무런 앙심도, 두려움도, 증오도 없었다. 그보다는 일종의 반감 혹은 멸시에 가까웠다. 논쟁이 오간 것도 아닌데 어떤 아이들은 자신의 주장을 뒷받침하기 위해 부모를 인용하기도 했다. 마치 교사가 아이들에게 그들 모두가 공유하는 모호하고 불쾌한 경험을 묘사해보라고 권하기라도 한 것 같았다. 아이들은 자신들이 흑인에 대해 아는 것을 조용히 털어놓았고, 자세히 묘사하기 위해 기억을 더듬었으며 서로 증거를 들이대면서 주장의 폭을 넓혀갔다. 엘리어트는 친절하게 관심 있는 태도를 취하며 아이들의 이야기를 들었지만, 속으로는 경악했다.

그녀는 아이들에게 '편견', '차별', '인종', '열등함'에 대해 정의해보라고 요구했다. 아이들에게 이것은 어렵지 않았다. 이전 수업 시간에 이런 개념을 토론한 적이 있기 때문이다. 그런 다음 미국의 여러 지역에서 흑인에게 금지된 행위를 주제로 이야기했다. 마지막으로 엘리어트는 아이들에게 흑인 소년이나 소녀로 사는 것이 어떤 기분인지 상상할 수 있겠느냐고 물었다.

"아이들은 이 질문에 대해 자세히 토론했어요." 그때를 회상하며 엘리어트가 말했다.

"결국 아이들은 그런 기분을 상상할 수 있을 것 같다고 결론을 내렸죠. 그러니까 아이들은 흑인에 대해 반감 혹은 멸시에 가까운 고정관념을 갖고 있으면서도 그들을 동정하게 된 거예요. 흑인 아이들을 가엽게 여겼고, 그들이 다르게 취급받는 것이 공평하지 않다고 생각했죠. 이 주제로 우리는 충분히 토론을 벌였어요. 킹 목사의 죽음에 관해서도 적당히 다뤘고, 그만큼 했으니 일을 쉽게 하려면 거기서 그만둘 수도 있었을 거예요. 하지만 그렇게 동정하면서도 무관심한 태도를 보면서 제 머릿속에 떠오른 건, 최근 수년간 인종차별에 대해 나 자신이 반응한 방식이었어요. 맞아요. 어떤 사건이 당신을 화나게 할 수 있어요. 그래요. 당신은 흑인이 취급당하는 방식에 유감을 느끼죠. 분명, 그 문제를 해결하기 위해 뭔가 해야 해요. 그러면 지금 우리는 무엇을 이야기해야 할까요?"

학급 아이들에 대한 제인 엘리어트의 심리적 동일시는 한층 더 깊었다. 학생들처럼 그녀는 모든 주민이 백인이고 기독교인인 라이스빌 근처의 농장에서 자랐고, 흑인에 대한 편견이 가득한 환경에서 살아왔다. 그러한 편견을 물리친 지 오래되었지만, 지금 교실에 앉아 있는 아이들 속에서 그녀는 여전히 어렸을 때의 자기 모습을 발견할 수 있었다. 그녀 자신도 한때는 그들과 같았고, 이제는 서른다섯 살이 되어 그때 이후 지금까지의 세월을 돌이켜보고 있는 것이다. 그녀는 인종차별주의를 강력히 반대했지만 수동적이었다. 그런 그녀의 눈으로 보기에도, 이날은 전혀 충분치 않았다. 뭔가 해야 했다.

"전 간절히 바랐어요." 그녀가 말했다.

"교사로서 아이들에게 단지 인종적 편견은 비합리적이고 인종 차별은 나쁘다고 말하는 것 이상으로 뭔가 할 수 있어야 한다고 말이죠. 우리는 모두 그런 말을 듣고 자라요. 무슨 뜻인지도 모르면서 적절한 때에 그 말들을 떠벌려요. 하지만 우리는 계속 스스로 누군가를 차별하거나 다른 사람이 차별하는 것을 용인하고, 차별을 막기 위해 아무것도 하지 않아요. 전날 밤 저는 제 학생들이 진짜로 차별이 무엇인지, 어떤 기분인지, 사람에게 어떤 영향을 끼치는지 그들 스스로 개인적으로, 깊게 느끼도록 하는 방법이 무엇일까 머리를 쥐어짜며 고민했어요. 이제 그 일을 해볼 때가 된 거죠."

그 뒤 제인 엘리어트의 교실에서 벌어진 일은 그녀 스스로 생각해낸 것이었다. 그녀는 이전에 누가 비슷한 일을 했다는 말을 들어본 적이 없었다. 심지어 이게 좋은 생각인지조차 확신할 수 없었다. 오로지 아는 것은 뭔가를 해야 한다는 것뿐이었고 이게 그녀가 하려는 일의 전부였다.

이날 계획의 밑받침이 된 아이디어는 수년 전 그녀가 대학 시절 룸메이트에게 반쯤은 화가 난 채로, 반쯤은 농담으로 한 말에서 비롯되었다. 라이스빌에서 일주일을 보낸 뒤 학교로 돌아가서 그녀는 인종이라는 주제를 놓고 아버지와 벌인 말다툼을 룸메이트에게 들려주었다. 자신이 '편견'에 대해 비난했을 때 아버지의 녹갈색 눈이 분노로 이글거리던 모습을 기억해내곤, 그녀는 룸메이트에게 이렇게 말했다.

"만약 녹갈색 눈이 유행에 뒤떨어지게 되면 우리 아버지는 좀 곤란해지실걸."

그 순간 두 소녀는 자신들이 매우 흥미로운 사실을 관찰했다는 것을 깨달았다. 피부색, 눈 색깔, 머리카락의 색이나 질감 등 뭐가 되었든 이 중 하나에 근거해서 차별하는 일은 다른 것에 근거해서 차별하는 행위와 똑같다고 그들은 결론을 내렸다. 두 사람은 미국에서 흑인으로 살아가는 게 어떤 느낌일지 밤새도록 이야기를 나누었다.

제인 엘리어트는 그 토론을 결코 잊은 적이 없다. 결혼 이후 그녀의 남편 대럴드가 아이오와 주 워털루(Waterloo)의 흑인 구역에 있는 슈퍼마켓 부점장이 되었을 때, 그의 흑인 고객과 종업원들에게서 그녀가 발견한 차이는 단 하나였다. 편견과 증오, 두려움의 대상이 되는 게 어떤 느낌인지 그들은 알고 그녀는 몰랐다. 그것 이외에 흑인들에 대해 알게 된 모든 사실은 흑인이 백인과 근본적으로 다를 게 하나도 없다는 확신을 그녀에게 심어주었다.

그 뒤 대럴드가 갑자기 다른 도시로 전근을 가는 바람에 엘리어트는 집을 세놓아야 했다. 부동산 중개인과 이웃들은 흑인에게 세를 놓지 말라고 주의를 주었다. 엘리어트는 그런 말들을 거의 신경 쓰지 않았는데, 어느 날 한 여성이 광고를 보고 전화를 했다.

"전화를 건 사람은 집을 세놓을 대상이 백인인지 유색인종인지 묻더군요. 그러자 갑자기 그간 이웃들이 건넨 경고가 생각났어요. 저는 잠시 머뭇거리다가, 내 이웃은 전부 백인이라고 말했죠. 그녀는 '아, 그래요. 어쨌든 감사합니다' 하고 전화를 끊었어요. 그 자리에서 저는 전화기를 든 채 적에게 투항한 듯한 기분이 되어 그대로 서 있었지요." 엘리어트가 말을 이었다.

"그 후 오랫동안 저는 제 자신이 뱀이라도 된 듯한 기분이었어요. 그때 어떻게 했어야 했는지 저는 알고 있어요. 이웃들은 전부 백인이지만 관심이 있다면 와서 집을 둘러보라고 말해야 했어요. 물론, 그렇게 하지 않았지요. 제가 왜 그 문제를 회피했는지 분석해보려고 애썼고, 결국 피할 수 없었던 결론은 이웃들이 어떻게 생각할지 두려워서 제 원칙에서 물러섰다는 것이었어요. 만약 흑인 가족에게 집을 빌려준 뒤 나중에 우리가 다시 그 집에 돌아와 살게 된다면 이웃들의 분노를 맞닥뜨려야 했을 테니까요. 그처럼 막상 일이 닥치면 제 자신이 그것을 직면할 능력이 없었다는 걸 똑똑히 보았어요. 이 때문에 오랫동안 스스로를 증오했습니다."

이 경험 이후 엘리어트는 미국의 인종적 위기를 다룬 책들을 읽기 시작했다. 그녀가 읽은 책 중 하나는 존 하워드 그리핀(John Howard Griffin)의 《블랙 라이크 미(Black Like Me)》였다. 이 책은 온몸을 진한 갈색으로 물들여 흑인으로 변장한 채 미국 남부 지역을 여행한 백인 남자의 이야기다. 엘리어트는 흑인의 삶이 어떠한지 직접 체험한 한 남자의 이야기를 읽으며, 남부의 흑인이 단지 생계를 위해 일하러 나가는 과정에서 겪어야 했던 일상의 모욕, 불편, 공포, 자존심의 상처를 고통스럽게 겪었다.

마틴 루터 킹이 살해되던 날 밤, 갑자기 이 모든 기억과 경험이 엘리어트에게 되살아났다. 그리고 그녀가 3학년 아이들에게 편견과 차별이 정말로 무엇을 의미하는지 가르쳐줄 수 있을 아이디어가 떠오른 것이다.

엘리어트는 숨을 깊게 들이쉰 뒤 자신의 계획을 실행에 옮겼다. "나는 우리가 흑인 아이로 살아가는 게 어떤지 실제로는 모른다고 생각해. 그렇지 않니?" 그녀는 아이들에게 물었다. "내 말은 우리가 정말 차별을 경험해보지 않으면 그게 어떤 기분인지 알기 어려울 거라는 뜻이야. 그렇지 않을까?" 아이들은 건성으로 그렇다고 대답했다. "자, 그렇다면 그걸 한번 알아보고 싶지 않아?"

그녀가 무슨 말인지 자세히 설명할 때까지 아이들의 얼굴엔 어리둥절한 기색이 역력했다. "우리 반을 푸른 눈과 갈색 눈 그룹으로 나누면 어떨까?" 그녀가 말했다. "오늘 남은 시간 동안 푸른 눈을 가진 사람들이 열등한 그룹이 되는 거야. 그런 다음 월요일엔 서로 바꿔서 갈색 눈을 가진 사람들이 열등한 그룹이 되는 거지. 이렇게 해보면 차별이 무엇을 의미하는지 우리가 좀 더 잘 이해할 수 있을 것 같지 않니?"

아이들은 곧 열띤 반응을 보였다. 어떤 아이들에게 이 실험은 학교의 평범한 일정에서 벗어나는 것을 의미했을 수도 있다. 또 다른 아이들에게는 의심할 여지없이 게임을 해보자는 이야기처럼 들렸을 것이다. "한번 해볼래?" 엘리어트가 물었다. 아이들은 주저 없이 한목소리로 "예!" 하고 소리쳤다.

2

눈 색깔로 구분하자 엘리어트의 학급은 푸른 눈 열일곱 명, 녹색 눈 세 명, 갈색 눈 여덟 명으로 나뉘었다. 그룹이 공평해지도록 녹색 눈을 가진 아이들을 갈색 눈과 한데 묶었다. 그래도 여전히 푸른 눈의 수가 더 많기 때문에, 그리고 엘리어트의 눈이 밝은 파란색인 점이 푸른 눈을 가진 아이들로 하여금 이 실험을 좀 더 편안하게 받아들이도록 해줄지도 몰랐기 때문에, 엘리어트는 푸른 눈의 아이들이 첫날 열등한 그룹이 되도록 정했다.

"오늘은 푸른 눈을 가진 사람이 낮은 사람이고 갈색 눈을 가진 사람이 높은 사람이야." 아이들이 어리둥절한 표정으로 쳐다보자 그녀는 말을 이었다.

"내 말 뜻은 갈색 눈을 가진 사람이 푸른 눈을 가진 사람보다 낫다는 거야. 갈색 눈을 가진 사람은 푸른 눈을 가진 사람보다 깨끗해. 그리고 더 교양이 있단다. 갈색 눈을 가진 사람은 푸른 눈을 가진 사람보다 똑똑해."

아이들은 여전히 영문을 몰라 얼떨떨한 표정이었고 엘리어트는 짧게 고개를 끄덕였다. "정말이야. 진짜로 그렇거든."

이제 갈색 눈의 아이들은 놀란 표정으로 서로를 바라보기 시작했다. 그들은 의자에 몸을 디 곧추세우고 앉아서 엘리어트의 다음 말을 기다렸다. 푸른 눈의 아이들은 무슨 말인지 잘 이해하지 못한 채 얼굴을 찡그렸고 불편한 듯 몸을 뒤틀었다. 한 푸른 눈의 소년이 의자에 철퍼덕 주저앉았다. "네 눈이 무슨 색이지?" 엘리어트가 소년에게 물었다.

"푸른 색요." 소년이 다시 반듯하게 앉으며 대답했다.

"너는 교실에서 그렇게 앉으라고 배웠니?

"아니요." 소년이 대답했다.

"푸른 눈을 가진 사람은 교실에서 뭘 배웠는지 기억이나 하고 있니?" 엘리어트가 학급 아이들에게 물었다. 사태가 어떻게 진행되는지 알아차린 갈색 눈의 아이들 쪽에서 합창이라도 하듯 "아니요!" 하는 대답이 나왔다. 그 푸른 눈의 소년은 이제 꼿꼿하게 앉은 채로 손을 책상 위 정중앙에 단정히 포개어 놓았다. 반에서 그와 가장 친한 친구 중 한 명인 갈색 눈의 소년이 그의 근처에 앉아 있었는데, 멸시하고 업신여기는 듯한 눈초리로 그 소년을 바라보았다. 일은 그렇게 빨리 시작되었다.

그날의 규칙을 열거할수록 갈색 눈을 가진 아이들의 기쁨은 커져갔고, 푸른 눈을 가진 아이들의 불편함은 늘어났다. 갈색 눈의 아이들은 교실의 분수식 식수대를 평소처럼 사용할 수 있었다. 푸른 눈의 아이들은 종이컵을 사용해야 했다. 갈색 눈의 아이들은 쉬는 시간을 5분 더 가질 수 있었다. 그들은 점심도 먼저 먹으러 갔으며 점심 먹는 줄에 누구랑 같이 설지 선택할 수 있었고, 음식을 더 먹을 수 있었다. 푸른 눈의 아이들은 이 중 무엇도 할 수 없었다.

"교실 앞쪽엔 누가 앉아야 할까?" 엘리어트가 물었다.

"갈색 눈요!" 갈색 눈의 아이들이 큰 소리로 대답했다.

"줄반장은 누가 해야 하지?"

"갈색 눈요!" 그 아이들이 다시 소리쳤다.

엘리어트가 허락하는 뜻으로 고개를 끄덕이자 아이들이 책상과 의자를 새로운 위치로 옮기느라 한바탕 소동이 일었다.

그날의 규칙이 늘어날 때마다 푸른 눈의 아이들은 불편하게 움찔거렸고 몸을 뒤틀었다. "푸른 눈을 가진 사람은 초대받지 않으면 갈색 눈을 가진 사람과 함께 놀 수 없어." 엘리어트가 말했다.

"푸른 눈을 가진 사람은 쉬는 시간에 운동장의 큰 놀이 기구에서 놀면 안 돼. 그리고 작은 놀이 기구도 교실 밖으로 갖고 나가면 안 된다."

규칙을 정한 뒤, 엘리어트는 곧장 그날의 정규 수업을 시작했다. 갈색 눈의 아이가 큰 소리로 읽다가 더듬거리면 엘리어트는 그를 도와주었다. 푸른 눈의 아이가 더듬거리면 엘리어트는 머리를 절레절레 흔들고선 갈색 눈의 아이를 불러 그 문장을 다시 제대로 읽도록 했다. 푸른 눈의 소년 한 명이 긴장하고 신경이 곤두선 채로 자신이 읽을 순서를 기다리는 동안 교과서 귀퉁이를 말아서 돌돌 감아놓자, 엘리어트는 그 책을 집어 아이들에게 보여주었다. "푸른 눈의 아이들은 물건을 귀하게 쓰고 있니?"

"아니요!" 신이 난 갈색 눈의 아이들이 소리쳤다.

그날 일은 그렇게 진행되었다. 갈색 눈의 아이들은 푸른 눈의 급우들을 놀려먹는 데 특별한 즐거움을 느꼈다. 지금까지 친구였던 푸른 눈의 아이들을 쉬는 시간에 함께 놀자고 초대한 갈색 눈 아이는 아무도 없었다. 학급에서 가장 인기 있는 아이 중 하나였던 한 사랑스럽고 총명한 푸른 눈의 소녀는 그 중압감을 이기지 못해 거의 정신이 분열될 지경이었다. 갑자기 구부정하게 걷기 시작했고 행동이 어색해졌으며, 뭐든 두 번씩 했고 수업을 따라오는 데 애를 먹었다. 쉬는 시간에 절망적인 모습으로 운동장을 가로질러 걸어가던 그 소녀는 전날까지만 해도 가장 친한 친구였던 갈색 눈의 소녀가 일부러 뻗은 팔에 등을 부딪쳤다.

"네가 길을 막았어. 그리고 내가 너보다 우월하니까, 네가 사과해야 해." 갈색 눈의 소녀가 도전적으로 말했다.

비참하게도, 푸른 눈의 소녀는 사과하는 말을 웅얼거렸다. 갈색 눈의 소녀는 승리감에 가득 차 걸어갔다.

"정오도 되기 전에, 저는 이 상황에 신물이 났어요. 아예 시작도 하지 말았어야 했다고 생각했죠. 오전 쉬는 시간에 교사들이 쓰는 라운지에 가서 다른 교사 세 명에게 제가 뭘 하고 있는지 말해주었죠. 그들은 웃더군요. 저는 다시 텅 빈 교실로 돌아와서 울었어요."엘리어트가 그때를 돌이키며 말했다.

점심시간 즈음엔 엘리어트는 어떤 아이가 갈색 눈인지 푸른 눈인지 생각할 필요조차 없었다. 아이들을 보기만 해도 구분할 수 있었다. 갈색 눈의 아이들은 행복했고, 눈이 초롱초롱했으며, 최고의 시간을 보냈다. 학업 능률도 전보다 크게 올랐다. 반면 푸른 눈의 아이들은 비참했다. 그들의 자세, 표정, 전체적인 태도는 그야말로 패배자의 것이었다. 학업 능률도 전날에 비해 급격히 떨어졌다. 한 시간쯤 지났을 때, 푸른 눈의 아이들은 정말로 열등한 사람처럼 보였고 그렇게 행동했다. 엘리어트는 충격을 받았다.

"하지만 그보다 더 경악한 것은 갈색 눈의 아이들이 바로 전날까지만 해도 친구였던 푸른 눈의 아이들을 대하는 방식, 단지 실험이라고 설명해준 것을 거의 즉각적으로 사실이라고 받아들이는 방식이었어요. 한 시간가량이 지나도 아무도 이의를 제기하지 않았기 때문에 그들은 자신들이 우월하다고 실제로 믿어버린 거죠. 월요일엔 역할을 바꿀 것이라는 사실을 아이들은 까맣게 잊었어요. 푸른 눈의 아이들은 갈색 눈의 아이들보다 열등하다는 부인할 수 없는 증거 앞에서 모든 걸 잊어버린 것이죠. 마치 누군가가 그들이 이전에 단지 눈치채지 못했을 뿐인 어떤 사실을 지적해주기라도 한 것처럼 말이에요. 푸른 눈의 아이들이 전보다 실수를 더 많이 하지 않았느냐고요? 그랬어요. 교사가 푸른 눈을 가진 아이들의 실수만 찾아내지 않았느냐고요? 맞아요. 교사가 갈색 눈을 가진 아이들을 편애한 게 분명하지 않았느냐고요? 물론이죠. 그러니 무슨 더 나은 증거가 필요했겠어요?"

그날 언젠가 엘리어트가 칠판 앞의 롤 스크린 지도를 끌어내리다가 손을 놓자 지도가 크게 덜커덕 소리를 내며 케이스 안으로 말려 올라가버렸다. 전에도 있던 일이었다. 엘리어트가 넌더리를 내며 돌아서서 지도를 다시 내리는데, 앞줄에 앉아 있던 갈색 눈의 소녀가 이렇게 말했다.

"하긴, 어련하시겠어. 선생님도 푸른 눈이잖아."

엘리어트는 깜짝 놀랐지만 침착하게 아이들 쪽으로 돌아섰다. "그게 내가 지도를 놓친 이유라는 거니?" 갈색 눈을 가진 아이 몇 명이 그렇다는 뜻으로 고개를 끄덕였다. 그러자 한 푸른 눈의 소년이 그녀를 방어하고 나섰다. "아니야, 선생님은 전에도 지도를 제대로 내린 적이 없다고."

이러한 반응은 교사로서 그녀의 지위에 대한 의문을 불러왔다. 그녀가 푸른 눈을 가졌고 그렇기 때문에 열등하다면, 어떻게 갈색 눈의 아이들을 가르칠 수 있단 말인가?

"나는 교육을 잘 받았단다." 그녀가 아이들에게 말했다. "나는 대학을 나왔어. 그리고 내가 갈색 눈을 가진 사람들처럼 똑똑하지 않을지는 몰라도 대학에 가지 않은 갈색 눈의 사람들보다 교육은 더 잘 받았어."

"맞아요." 갈색 눈의 소년이 말했다. "선생님은 갈색 눈을 가진 아이들보다 아는 게 많아요. 하지만 학교 안에서 갈색 눈을 가진 다른 선생님들만큼 똑똑하진 않아요."

"내가 만약 교장 선생님이라면 어떻겠니?" 엘리어트는 아이들이 이러한 추론을 어디까지 확장시킬지 궁금해하면서 물었다.

"브랜드밀 선생님은 갈색 눈이잖아요!" 갈색 눈의 소녀가 자랑스럽게 소리쳤다. 딘스모어 브랜드밀(Dinsmore Brandmill)은 학교의 교장이다.

엘리어트는 아무 말 없이 동의의 표시로 어깨를 으쓱했다. 브랜드밀 교장의 눈동자가 실제로 어떤 색인지 궁금해하면서 말이다.

3

금요일 수업이 끝나기 전에, 제인 엘리어트는 이날 실험이 어떻게 시작되었는지 아이들에게 상기시켰다.

"우리가 이 실험을 하기로 결정한 이유는 말이다. 차별에 대해 우리가 무엇을 배울 수 있는지 알아보기 위해서야. 그리고 실험을 시작하기 전에 내가 말한 것처럼 월요일에는 오늘과 달리 갈색 눈을 가진 사람이 낮은 사람이 되고 푸른 눈을 가진 사람이 높은 사람이 되는 거야. 월요일에 다시 이야기하겠지만, 그렇게 진행될 거라는 걸 너희에게 다시 말해두고 싶구나."

세 명이 손을 번쩍 들어올렸고 엘리어트는 갈색 눈의 소년에게 말해보라고 했다. "그렇게 할 거면 저는 월요일에 학교에 오지 않을래요." 소년이 말했다. "저도요." 갈색 눈의 소녀가 거들었다. "저도 안 올래요." 다른 아이가 말했다.

"너희 중 월요일에 학교에 올 사람은 몇 명이지?" 엘리어트가 물었다. 이미 말한 세 명을 제외한 아이들이 모두 손을 들었지만, 갈색 눈 아이들의 반응은 느렸다. "좋아. 월요일에 누가 오는지 보면 알겠지." 그 뒤 엘리어트가 시계를 흘낏 보고 돌아섰을 때 그녀는 푸른 눈을 가진 아이들의 표정에서 예정된 복수에 대한 기쁨의 빛이 어른거리는 걸 보았다. "푸른 눈을 가진 사람들은 오늘보다 월요일이 훨씬 즐거울 거라고 생각하는 모양이구나?"

"그럼요!" 푸른 눈의 아이들이 웃으면서 소리쳤다.

"글쎄다. 그것도 그때가 되면 알게 될 거야. 하지만 아직 금요일이니까, 이제 집에 갈 시간이다. 책상 위 물건을 잘 챙기고, 벨이 울리면 갈색 눈의 아이들이 사물함으로 먼저 가고 버스 줄을 서러 앞서서 가는 거다. 그리고 잊지 말거라. 버스에 타면 푸른 눈을 가진 사람들은 될 수 있는 대로 가장 뒤쪽에 가서 앉아야 해."

그녀가 말을 마치자 벨이 울렸고, 몇 분 뒤 이날 수업이 모두 끝났다. 엘리어트는 지쳐서 텅 빈 교실의 책상 앞 의자에 파묻혀 앉은 채 그날 벌어진 일에 대한 느낌을 정리하려 애썼다. 그녀는 여전히 자신이 목격한 일로 인한 충격에서 헤어나지 못했고, 그 일을 시작도 하지 말았어야 했다고 다시 한 번 후회했다. 하지만 끔찍하게도 월요일에 그 모든 과정을 다시 반복해야 한다는 것을 알고 있었다.

주말 동안 그녀는 브랜드밀 교장이나 학부모 몇 명에게서 전화가 걸려올 것이라고 예상했으나 아무도 전화를 걸지 않았다. 그녀는 자신이 한 일과 아이들의 반응을 자신의 부모에게 들려주었다. 그녀의 아버지는 갈색 눈 아이들이 푸른 눈 아이들을 어떻게 대했는지를 듣고 충격에 빠졌다.

"외롭고 두려운 주말이었어요." 그녀가 말했다. "저는 아이들 사이에서 벌어진 일에 대해 말을 하고 또 하고 또 했죠. 제 부모뿐 아니라 대럴드와 교사였던 두 자매에게도 말이죠. 그 생각을 머릿속에서 밀어낼 수가 없었어요. 더할 수 없이 외롭게 느껴졌지만 이 일은 제가 스스로 시작했고, 그러니 무슨 일이 일어나든 저 혼자 책임져야 했죠. 집에서 저는 하던 일을 멈추고 아이들을 바라보았는데, 오늘 제가 학교에서 한 일을 어떤 교사가 제 아이들에게 했다면 어떤 기분일까 궁금해지더군요. 아마도 찬성했을 거라고 생각하지만 확신할 수는 없었어요. 그러자 갑자기, 제 아이들도 우리 반 3학년 아이들이 한 것처럼 행동했을까 하는 생각이 들더군요. 거기에 대해 아무런 대답도 할 수 없었어요."

학생들은 월요일에 모두 학교에 왔다. 그녀는 이날 학교에 오지 않겠다고 말한 세 명에 관해서는 아무 말도 하지 않았다. 그녀는 금요일의 실험과 그 일을 시작하게 된 배경을 아이들에게 간단하게 설명했다. 그녀가 말하는 동안 푸른 눈의 아이들은 가만히 있지 못하고 어깨를 들썩거렸다. "금요일에는 내가 너희에게 거짓말을 했어. 갈색 눈을 가진 사람들이 푸른 눈을 가진 사람들보다 낫다고 말했잖아. 그건 사실이 아니야."

교실 안이 조용해졌다. 아이들은 엘리어트의 다음 말을 기다렸다. "사실은 푸른 눈을 가진 사람들이 갈색 눈보다 훨씬 나은 사람들이야. 그들이 갈색 눈의 사람들보다 훨씬 똑똑해. 그들은……."

금요일과 뒤바뀐 편견의 목록을 읽어주면서, 엘리어트는 아이들이 전보다 거세게 반발할 거라고 추측했다. 한 번 속았기 때문에, 아이들은 이 말도 안 되는 상황을 더는 받아들이지 않을지도 모른다. 하지만 아이들의 얼굴을 주의 깊게 관찰하면서, 엘리어트는 이번에도 이 실험이 효과가 있다는 사실을 알게 되었다. 금요일에 신이 났던 얼굴들은 아주 빠른 속도로 우울하게 변했다. 반면 금요일에 침울했던 얼굴들은 기쁨으로 밝아졌다. 자신의 말이 잘 전달되도록 하기 위해, 엘리어트는 유명한 사람의 이름을 대며 마치 그것이 잘 알려진 사실이라도 되는 양, 그 사람들의 눈 색깔이 무엇인지 물었다. 예상대로 푸른 눈을 가진 아이들의 대답이 뒤를 이었다. "푸른색요!" 새로운 이름이 나올 때마다 푸른 눈의 아이들이 기쁨에 겨워 외쳤다.

엘리어트가 이날 갈색 눈을 가진 아이들에게 적용할 제한 규칙을 읽으면서 금요일의 절차를 뒤집는 동안, 푸른 눈을 가진 몇몇 아이는 복수의 예감에 눈에 띄게 흐뭇해했다. 자리 바꾸기는 순식간에 진행되었고 식수대와 종이컵에 붙어 있던 경고 표지도 모두 바뀌었다. 거의 동시에 엘리어트는 갈색 눈 아이들의 흠집을 찾기 시작했다.

"저는 갈색 눈을 가진 아이들은 이것이 실제 상황이 아닌 데다 단 하루 진행된다는 사실을 금요일의 경험으로 잘 알기 때문에 자신들이 받는 차별에 푸른 눈의 아이들처럼 강하게 반응하리라고 생각하지 않았어요." 엘리어트가 그때를 돌이켜보며 말했다.

"그런데 제 예상이 틀렸지요. 몇 분 사이에 갈색 눈의 아이들은 불안해하고, 우울해지고, 화를 내더군요. 한 가지 차이가 있다면, 이제 우위에 선 푸른 눈의 아이들이 자신들의 아랫사람을 대하는 태도가 갈색 눈의 아이들이 이전에 푸른 눈의 아이들을 대할 때보다 확실히 덜 악랄했다는 점이죠. 그 이유가 분명하지는 않고 다만 추측할 뿐인데, 주말이 끼어서 그랬던 걸까요? 푸른 눈의 아이들이 수적으로 우세했기 때문에 차별을 받을 때조차 다수 안에 있으면 안전하다고 느꼈기 때문일까요? 아니면 푸른 눈의 아이들이 이미 차별을 경험해봤기 때문에 '열등한' 집단의 처지에 공감하고 미안함을 느꼈던 걸까요? 당연히 저는 이 마지막 이유가 사실이길 바랐죠. 확신할 수는 없었지만요."

이날 수업이 끝날 즈음, 엘리어트는 실험을 끝냈고 아이들에게 그 모든 것이 거짓이었다고 말해주었다. 그녀는 아이들에게 이 실험에서 무엇을 배웠는지 물었고 아이들의 대답에 고무되었다.

"눈 색깔이 네가 어떤 사람인지와 관련이 있니?"

"아니요!" 아이들은 소리를 질러가며 대답했다.

이틀간의 실험 탓에 교실 안에 팽팽하게 감돌던 긴장이 홍수에 둑이 무너지듯 순식간에 풀어졌다. 그녀는 아이들과 함께 웃었고, 안도의 울음을 터뜨리는 아이들을 달랬다. 눈 색깔로 구분해 분열되었던 소년들이 다시 행복하게 뒤섞여 놀고, 영영 잃어버린 줄 알았던 친구들을 끌어안으며 소녀들의 눈가가 촉촉해지는 모습을 보고 엘리어트도 하마터면 울어버릴 뻔했다.

화요일에 엘리어트는 그들이 배운 것을 주제로 폭넓은 토론을 이끌었다. 아이들에게 의견을 말해보라고 독려할 필요도 없었다. 모든 아이가 앞다퉈 말을 쏟아냈다. 마침내 열띤 분위기가 가라앉은 뒤, 엘리어트는 아이들에게 이틀간 실험을 하면서 각각의 날에 어떤 기분이 들었는지, 그리고 마틴 루터 킹이 누구인지 묘사하는 내용을 포함해 '차별'에 대해 정의하는 글짓기를 해보라고 했다. 글짓기를 마치고 맞춤법을 고친 뒤 아이들은 돌아가면서 작문 내용을 큰 소리로 읽었다.

줄리 클레크너(Julie Kleckner)는 이렇게 썼다. "차별이란 피부색이나 눈동자의 색 또는 다니는 교회로 사람을 판단하는 것이다." 캐럴 앤더슨(Carol Anderson)의 글은 다음과 같다. "차별이란 사람을 그가 한 일이 아닌 피부색으로 판단하는 때를 가리키는 말이다. 나는 그게 어떤 기분인지를 학교에서 배웠다." 데일 브루너(Dale

Brunner)의 글은 좀 더 개인적이다. "차별이란 행복한 것과 행복하지 않은 것이다."

갈색 눈을 가진 신디 호킨스(Sindee Hockens)는 차별의 정의를 내리면서 다음과 같이 글을 이어갔다. "우리 반은 마틴 루터 킹이 죽었을 때 차별에 대해 들었다. 그리고 우리는 검은 피부를 가진 흑인 아이일 때 기분이 어떨지 알고 싶었다. 갈색 눈을 가진 사람은 백인이었고 푸른 눈을 가진 사람은 흑인이었다. 그때는 금요일이었다. 나는 갈색 눈을 가졌다. 나는 행복했다. 갈색 눈을 가진 사람은 더 잘나가는 사람들이었다. 나는 마음속으로 기분이 좋았다. 월요일에는 차별을 받았기 때문에 나는 미칠 것 같았다. 푸른 눈의 아이들이 줄도 먼저 섰고, 선생님은 푸른 눈의 아이들이 실수를 했을 땐 그냥 설명해주면서 갈색 눈을 가진 우리에겐 호통을 쳤다. 아주 기분이 나빴다."

역시 갈색 눈을 가진 데비 앤더슨(Debbie Anderson)은 월요일의 경험을 이렇게 말했다. "나는 미칠 것 같았다. 푸른 눈을 가진 아이들을 꽁꽁 묶어버리고 학교를 그만두고 싶었다. 왜냐하면 그 아이들은 뭐든지 먼저 했고, 우리는 뭐든지 나중에 해야 했기 때문이다. 나는 기분이 더러워졌다. 금요일처럼 내가 똑똑한 사람이 아닌 것 같았다. 차별은 하나도 재미있지 않다. 마틴 루터 킹은 흑인을 차별하는 것을 좋아하지 않았다."

갈색 눈을 가진 데일 브루너는 이렇게 더 썼다. "월요일에 나는 화가 많이 났기 때문에 그들을 감옥에 가둬버릴 수도 있었을 것이다. 푸른 눈의 아이들은 점심시간에 줄을 먼저 서서 점심도 먼저 먹었고 쉬는 시간을 5분 더 받았다. 나는 공부하고 싶지 않았다. 내가 작은 사람처럼 느껴졌다. 차별은 전혀 재미있지 않다. 나는 내가 흑인이 아니고 피부색으로 차별받지 않아서 좋다."

시어도어 페르진스키(Theodore Perzynski)는 이틀간의 실험을 다음과 같이 묘사했다.

"금요일에 우리는 차별을 실험했다. 갈색 눈을 가진 사람들이 모든 일을 먼저 했다. 내 눈은 푸른색이다. 나는 갈색 눈의 아이들을 때려주고 싶었다. 그래서 미칠 것 같았다. 그리고 갈색 눈을 가진 사람을 발로 차고 싶었다. 학교도 그만두고 싶었다. 갈색 눈을 가진 사람들은 쉬는 시간도 5분 더 받았다. 월요일에 나는 행복했다. 나 자신이 크고 똑똑하게 느껴졌다. 그리고 우리는 쉬는 시간을 5분 더 받았다. 우리는 모든 일을 먼저 했다. 운동장 놀이 기구도 갖고 나갈 수 있었다. 나는 차별을 좋아하지 않는다. 차별은 나를 슬프게 한다. 나는 평생 화난 채로 살고 싶지 않다."

푸른 눈을 가진 데니스 룬드(Dennis Runde)는 우선 금요일의 경험을 이렇게 썼다. "갈색 눈을 가진 사람들은 거의 뭐든지 할 수 있었다. 푸른 눈을 가진 사람은 갈색 눈을 가진 사람들이 하는 것의 절반도 할 수가 없었다. 나는 푸른 눈을 가졌기 때문에 소외감을 느꼈다. 갈색 눈을 가진 사람들의 눈을 멍이 들도록 때려주고 싶었다."

월요일에 대해서 룬드는 이렇게 썼다. "월요일인 4월 8일, 우리는 '차별의 날' 실험을 다시 했는데, 이번에는 푸른 눈을 가진 우리가 높은 사람이었다. 세상에, 얼마나 신이 났는지 모른다! 우리는 모든 일을 먼저 할 수 있었다. 정말 신이 났다. 내가 더 똑똑해지고 커지고 더 나은 사람이고 더 힘 센 사람이 된 기분이었다."

브루스 폭스(Bruce Fox)의 글은 간명했다. "차별이란 피부색으로 사람을 판단하는 것이다. 금요일에 갈색 눈을 가진 사람은 쉬는 시간과 미술 시간을 더 가졌는데, 나는 갈색 눈이었다. 기분이 좋았다. 우리는 똑같은 실험을 월요일에 했고, 이번엔 푸른 눈을 가진 사람이 쉬는 시간과 체육 시간을 더 길게 가졌다. 나는 선생님을 하늘 높이 날려버리고 싶었다."

아이들이 마틴 루터 킹이 누구인지 다 알고 있다는 점에는 의문의 여지가 없었다. "마틴 루터 킹은 백인처럼 흑인도 원하는 것을 갖게 되기를 바랐다." 캐럴 앤더슨은 이렇게 썼다. "그리고 그는 이것 때문에 죽임을 당했다. 그는 차별 때문에 살해당했다."

다음은 빌리 톰슨(Billy Thompson)이 쓴 글이다. "마틴 루터 킹은 유색인종을 차별로부터 구하려다가 죽었다. 백인은 유색인을 최소한 다른 모든 사람과 똑같이 대해야 한다."

4

아이들이 쓴 글을 모두 읽은 뒤, 엘리어트는 3학년 아이들에게 실험을 시작하기 전 그들이 흑인에 대해 말한 내용을 상기시켰다. 실험 전에 아이들은 흑인에 대해 이렇게 말했다. 그들은 백인만큼 똑똑하지 않고, 깨끗하지 않으며, 교양이 없다. 그들은 자주 싸우고 폭동을 일으킨다. 그들에게선 불쾌한 냄새가 난다. 이제 아이들이 글짓기에서 쓴 다음과 같은 내용이 아이들에게 새로운 힘을 갖고 되돌아왔다.

데비 앤더슨: "기분이 더러웠다."

신디 호킨스: "몹시 역겨웠다."

데일 브루너: "내가 작은 사람인 것처럼 느껴졌다."

데비 휴즈(Debbie Hughes): "학교를 그만두고 싶었다."

빌리 톰슨: "울고 싶었다."

시어도어 페르진스키: "갈색 눈을 가진 아이를 발로 차고 싶었다."

킴 레이놀스(Kim Reynolds): "낙오자가 된 것 같은 기분이었다."

아이들은 한 명씩 순서대로 자신들이 실험에서 겪고 느꼈던 일들이 흑인에게도 실제 일어나는 일일지를 검토했다. 엘리어트는 아이들에게 물었다. 네가 태어난 날부터 거의 날마다 허술하다는 비난을 들어왔다면 그런 비난이 실제로 너를 허술한 사람으로 만들 수도 있지 않을까? 네가 다른 사람만큼 깨끗하지 않다는 말을 반복해서 듣는다면 과연 그것이 너로 하여금 청결함에 대해 긍정적 태도를 갖도록 할까?

네가 아무리 열심히 일한다 한들 눈동자 색 때문에 바보라고 불린다면, 할 수 있는 한 가장 열심히 일하고 최선을 다하고 싶은 마음이 들까? 네가 학교에서 차별당하기 때문에 화가 나고 진절머리가 나거나 소외된 기분을 느낀다면 학교를 가고 싶을까? 네 눈동자 색깔 때문에 다른 사람이 너를 멸시한다는 걸 알아차렸을 때 공부에 정신을 집중하는 일이 쉬울까?

각각의 질문은 열띤 토론을 불러일으켰고, 토론은 다음과 같은 결론으로 치달았다. 차별은 아프기만 한 것이 아니다. 차별은 당신이 행동하는 방식에 영향을 끼친다. 당신이 행동하는 방식은 당신이 하는 일의 종류뿐 아니라 당신이 스스로 느끼는 자기 모습에도 영향을 끼친다. 당신이 행동하는 방식, 당신이 하는 일의 종류, 당신이 스스로 느끼는 자기 모습, 이 모든 사항은 당신이 다른 사람에게 어떻게 보이는지에 영향을 끼친다. 사실 이것들은 당신이 실제로 어떤 사람인지에 영향을 끼친다. 차별은 충분히 오래 지속되기만 한다면 당신을 바꿔놓을 수 있다.

또 다른 결론도 있었다. 즉 누군가를 피부색으로 판단하는 것은 눈동자 색으로 판단하는 것과 다를 바 없으며 더 정확하지도 않다. 피부색으로 판단하건 눈동자 색으로 판단하건 둘 중 무엇도 그 사람에 대해 중요한 아무런 사실을 말해주지 않는다. 엘리어트는 말했다.

"토론을 마치기 전에, 저는 아이들이 이 실험에서 많은 것을 배웠고 그 배움은 아이들에게 오래 지속될 거라고 확신했어요. 그리고 이 실험으로 제 자신이 뭔가 배울 거라고는 전혀 생각하지 않았지만, 실험이 끝났을 때 저는 아이들이 배운 것 이상으로 제가 배웠다고 느꼈어요."

착하고 평범한 중산층 백인 미국 아이들 사이에서 우월한 대접을 받는 상황이 불러일으킬 반응에 대해 엘리어트는 자신이 알고 싶은 것 이상으로 훨씬 많이 배웠다고 했다. 모든 아이는 자신이 우월한 대우를 받는 걸 즐겼다. 그리고 스스로 우월하다는 느낌은 그들이 이전의 그 어느 때보다 공부를 훨씬 더 잘하도록 북돋아줬다. 그러나 그들 중 일부는 '열등한' 그룹의 구성원이 기어오르지 못하도록 하고, 특별히 못된 방법으로 자신들의 '우월성'을 주장하는 데 야만적인 기쁨을 느꼈다. 엘리어트는 전에는 학생들의 그런 면을 본 적이 없었다. 그들에게 그런 면이 있으리라고 생각해본 적도 없었다. 학생들이 가장 친한 친구였던 급우들에게 그토록 동정심이 결여된 태도를 취하리라고 전혀 예상하지 못했다.

2등급 시민이 된 아이들이 표현한 분노와 반항심의 정도도 그녀의 예상을 뛰어넘었다. 예를 들면, 화요일의 토론 때 드러난 사실인데, 운동장과 남녀 화장실에서 '열등한' 그룹은 엘리어트에게 어떻게 보복할지를 두고 길고 진지한 대화를 나눴다고 한다. 엘리어트에게 물건을 던지고 싶다는 의견부터 그녀를 죽이고 싶다는 의견까지 다양했다. 엘리어트는 또한 열등하다는 느낌이 얼마나 파괴적인지, 그 느낌이 말 그대로 어떻게 사람의 성격을 달라지게 하는지, 어떻게 효율성을 떨어뜨리고 동기를 파괴하는지 자신의 눈으로 직접 보기 전까지는 깨닫지 못했다.

"아이들이 서로를 존중하고 감탄하던 교실 분위기는 그 이틀 동안 경멸과 탐욕, 자만심, 좌절, 질투, 절망의 감정이 빚어낸 긴장으로 거의 참을 수 없는 지경이 되어버렸죠. 실험이 끝나자 우리는 모두 기뻐했어요. 하지만 우리가 우리 자신뿐 아니라 서로에 대해서 본 것, 우리가 '우월한' 혹은 '열등한' 사람으로서 경험한 것, 우리가 배운 것은 이성적으로뿐 아니라 감정적으로 매우 깊게, 학생뿐 아니라 교사인 제게도 각인되었죠."

처음부터 엘리어트는 이 실험이 3학년 학생들을 위한 교실 수업일 뿐 다른 무엇이라고는 생각하지 않았다. 그러나 실험을 진행하면서, 특히 실험이 끝난 뒤 그녀는 교실 밖에서도 어떤 반응이 있을 거라고 기대하기 시작했다. 교실에서 있었던 일들은 너무나 아슬아슬했고, 가슴 뭉클한 경험이었기 때문에 그 자리에 없었던 사람에게로 말이 옮겨지기에 충분했다. 실험 첫날 교사 라운지에 있던 교사 세 명은 엘리어트의 말을 듣고 웃었다. 그러나 아마 다른 교사들은 실험에 대해서 듣게 되면 최소한 더 알고 싶어 할지도 모른다. 엘리어트는 적어도 한 명의 학부모는 불평을 하건 칭찬을 하건 자신에게 전화할지 모른다고 예상했다. 그녀 자신이 직접 듣지 못한다면 브랜드밀 교장에게라도 전해 듣게 될 거라고 생각했다.

그러나 아무 일도 일어나지 않았다. 마치 실험 전체가 철저한 비밀 속에서 진행된 것만 같았다.

"제가 한 일을 브랜드밀 교장에게 이야기했을 때, 그는 관심을 표시했어요. 아이들이 어떻게 행동했는지 설명하자 깜짝 놀라더군요. 교장은 아이들이 그런 척한 게 아닌가, 착한 소년 소녀들처럼 선생님이 하라고 시킨 역할을 충실히 연기한 게 아닌가 하고 생각하는 것 같았어요. 실제 일어난 일을 누군가가 믿도록 하는 게 얼마나 어려운지 그때 처음 깨달았죠. 가상의 상황이었는데도 아이들이 연기는커녕, 일정 정도 그 상황을 현실로 받아들인다는 사실을 알리면 그 자리에서 일어나는 일을 직접 봐야 해요."

엘리어트는 자신의 아버지에게는 이 실험의 취지를 더 잘 납득 시킬 수 있었다. 어떤 일이 일어났는지 자세히 설명하는 동안, 그 녀는 자신의 아버지가 아이들의 상처받은 자존심, 그들의 손상된 감정, 강제로 부여받은 열등한 지위를 받아들이는 모습 등을 거의 개인적 쇼크처럼 느낀다는 사실을 알았다. 그는 '우월한' 그룹의 행동에 질겁했다.

"이전에 아버지는, 비록 아무도 해치진 않았을지라도 제 3학년 학생들이 실험 전 흑인에 대해 갖고 있던 믿음과 많은 부분에서 생각이 같은 분이셨어요. 하지만 저와 실험에 대해 반복해서 토론하면서 실험 이후 그런 믿음이 점차 약해지는 모습을 볼 수 있었어요. 이 실험은 아버지의 세계관에 깊은 영향을 끼쳤습니다."

엘리어트의 독특한 차별 실험을 둘러싸고 입소문이 나기 시작한 것은 그녀의 친한 친구가 주변 사람들에게 엘리어트가 한 일을 칭찬한 뒤였다. 그녀의 친구가 말을 퍼뜨린 대상 중에는 12쪽짜리 주간지인 〈라이스빌 리코더(Riceville Recorder)〉의 소유주이자 발행인인 메리트 메서스미스(Merritt Messersmith)가 있었다. 엘리어트의 이야기에 매혹된 메서스미스는 실험 내용을 더 자세히 알고 싶어 했고, 교실에서 실험이 있은 지 2주 뒤 아이 몇 명의 작문에서 발췌한 내용과 함께 실험에 관한 기사를 주간지에 실었다.

〈리코더〉지의 기사가 라이스빌에 영향을 끼쳤을지 모르나, 제인 엘리어트는 이를 전혀 감지하지 못했다. 실험에 대해 이미 알고 있던 가까운 친구들이 주간지에 실린 기사를 그녀에게 들려주었다. 그 뒤 엘리어트는 통신사가 이 뉴스를 전송했다는 소식을 듣게 되었다. 메리트 메서스미스가 자부심에 가득 차 그녀에게 들려준 이야기였다. 그 뒤, 마침내 엘리어트가 전혀 예상하지 못한 곳에서 반응이 왔다. 자니 카슨(Johnny Carson)•이 전화를 걸어 그녀에게 뉴욕에 와서 〈투나이트〉 쇼에 출연해달라고 요청한 것이다. "그땐 뭘 해야 할지 잘 몰랐어요. 그래도 저는 갔지요." 엘리어트가 웃으면서 말했다.

〈투나이트〉 쇼에 출연한 이후 전국에서 편지가 쏟아지기 시작했다. 편지 공세는 여름 내내 간헐적으로 지속되었다. 몇몇 편지는 추잡한 내용도 있었지만 대부분 호의적이었다. 그러나 엘리어트에게 가장 흥미로웠던 반응은 그녀의 학급에 있었던 소녀 한 명의 어머니에게서 왔다. 그것은 텔레비전 쇼가 아니라 교실에서 일어난 일에 관해서였다.

그들은 우연히 마주쳤는데, 소녀의 어머니는 엘리어트에게 이렇게 말했다.

"'차별의 날' 실험으로 선생님이 우리 삶에 엄청난 변화를 가져왔다는 점을 알아주셨으면 좋겠어요. 저의 시어머니는 자주 우리와 함께 지내는데, '깜둥이'라는 단어를 종종 쓰세요. 그런데 제

• 미국의 심야 토크쇼 진행자(1925~2005)로 배우와 코미디언으로도 활동했으며, 인기 토크쇼 〈투나이트〉를 30년 넘게 진행했다.

딸이 선생님의 실험 수업 이후 그 말을 처음 들은 날, 자기 할머니에게 다가가서 이렇게 말하는 거예요. '할머니, 우리 집에선 그 말을 쓰지 않아요. 그리고 할머니가 그 말을 계속 쓰실 거면 할머니가 집에 가실 때까지 저는 나가 있겠어요.' 전 얼마나 기뻤는지 몰라요. 정말 오랫동안 시어머니에게 그 말을 하고 싶었거든요. 제 딸이 그렇게 말한 게 당장 효과가 있어서 시어머니는 더는 '깜둥이'라는 말을 쓰지 않으세요."

2부

5

가을 학기가 다시 시작됐을 때, 제인 엘리어트의 새로운 3학년 교실에는 읽기에 특별한 도움이 필요한 학생이 많았다. 대부분 읽기를 배우는 데 뒤쳐져서 2학년 때 교사가 특별 지도가 필요하다고 건의한 아이들이었고, 3학년이 되자 학교는 이들을 같은 반에 배정했다. 엘리어트는 미네소타 주 로체스터(Rochester)에서 독해 능력 치료 교수법 코스를 마친 뒤였으므로 이들을 맡겠다고 자원했다.

처음부터 엘리어트는 읽기와 관련한 문제를 아이들과 솔직하게 터놓고 이야기했다. 그 문제는 반드시 해결할 수 있다고, 그들이 가끔 스스로 의심하거나 남들이 말하는 것처럼 멍청하지 않다고, 확신을 갖고 말해주었다. 그리고 함께 노력해서 곧 이 문제를 해결할 수 있을 거라고 약속했다. 그해 중반쯤 그들은 실제로 그렇게 했다.

그러나 그보다 한참 전, 학기가 시작될 즈음 엘리어트가 고민한 문제는 차별에 관한 실험을 반복해야 하는지였다. 누가 하고 싶다는 사람이 있는 것도 아니었고, 너무 불쾌한 실험이었다. 그러나 더 중요한 다른 문제는 그 실험 수업이 아이들에게 해볼 만한 가치가 있는지였다. 모든 요소를 감안할 때, 그녀는 그렇다고 느껴왔다. 그러나 이 해에 새로 구성된 그녀의 반 학생들은 읽기 능력이 또래에 비해 한참 뒤떨어져서 특별한 주의가 필요했고, 그들 스스로 그렇다는 걸 알고 있었다.

엘리어트는 3학년 수준에서 읽기 능력에 문제가 있는 아이들은 누구든 집이나 학교에서 열등하다고 취급받는 쓰라림을 이미 겪었을 수 있다고 느꼈다. 사실 그녀가 이 아이들을 상대로 읽기 특별 지도를 성공적으로 수행하려면, 아이들이 어떤 종류의 것이든 이전에 습득한 열등하다는 느낌을 떨쳐버려야 했다. 그런 아이들에게 단 하루라 할지라도 실제로 열등하게 취급받는 추가적 부담을 지우는 일이 타당한지는 분명 의문의 여지가 있었다.

고려해야 할 요소는 또 있었다. "제가 가장 걱정하는 것 중 하나는, 첫해의 차별 실험에서 '우월한' 그룹에 속한 아이들의 기쁨을 보고 난 뒤, 제 스스로 차별당하는 공포와 함께 차별하는 기쁨을 아이들에게 가르치는 게 아닌가 하는 우려였어요. 그게 진짜 문제였죠. 결국 저는 일이 그런 식으로는 진행되지 않았다고 결론지었어요. 왜냐하면 첫해 차별 실험을 한 이후 학기가 끝날 때까지 남은 두 달 동안 아이들은 계속 그 실험에 대해 이야기했지만, 그 실험을 반복하고 싶어 하는 것처럼 보이는 아이는 없었거든요. 하루 종일 윗사람이 될 기회를 다시 얻을 수도 있는데 말이죠. 그들이 기억하는 것, 그들이 이야기하는 것, 그리고 그들이 다른 상황에 적용한 것은 자신들이 우월한 대우를 받을 때 얼마나 기분 좋았는가 하는 게 아니었어요. 그보다는 열등하다고 취급받았을 때의 비참함이었죠. 이틀 연속 겪어야 했던, 친구들로부터 분리되는 고통도 함께요."

그러나 이것이 이 실험을 다시 하느냐 마느냐를 고민할 때 그녀를 주저하게 한 이유의 전부는 아니었다.

"제 자신이 그 실험을 다시 진행할 열의가 전혀 없었어요. 그 실험은 제 기억 속에 가장 불쾌한 일 중 하나로 자리 잡았죠. 처음 실험을 끝냈을 때 두 번 다시 하지 않겠다고 결심했어요. 우선 그 일은 교사가 보통 회피하려고 노력하는 일을 일부러 해야 한다는 점에서 힘이 들어요. 아이들을 속여야 하고, 교사 스스로 사실이 아님을 너무나 잘 알고 있는 것을 사실인양 말해야 하니까요. 일반적인 좋은 교수법에 완벽하게 어긋나는 행위죠. 게다가 학생들과 좋은 관계를 형성하려고 애써 노력해왔는데 이틀 동안 그 관계를 일부러 파괴해야 해요. 실험이 끝나면 호의적인 관계를 다시 쌓기 위해 꽤나 노력해야 한다는 사실을 알면서 말이죠. 첫 번째 실험을 했을 땐 관계를 다시 회복하는 데 시간이 많이 걸리지 않았어요. 30분 이내에 가능했죠. 우리는 다시 좋은 친구가 되었어요. 그러나 두 번째 실험에서도 그렇게 되리라고 장담할 수는 없지 않겠어요?"

결국 아무리 이 차별 실험이 중요하다고 확신한다 해도 자신이 가깝게 여기던 아이들에게 그렇게 많은 고통을 주는 일은 그녀에게도 괴로운 경험이었다. 엘리어트는 자신이 평소에 놓던 아이들을 괴롭히고, 자신이 조롱으로부터 보호하던 아이를 조롱하기 위해 지목할 때 스스로 괴물이 된 듯한 기분이었다고 말했다. 그렇게 할 때마다 내면에서 그녀는 계속 움찔했다. 아이들이 제공한 단서를 얼른 집어내 아이들을 공격하라고 자신을 옥박질러야 했다. 매일 수백 번씩 실험을 취소하고 싶었다. 그리고 아이들에게 이렇게 말하고 싶었다. '너희는 왜 이 상황을 참기를 거부하고 맞서지 않는 거니? 너희는 왜 서로를 나로부터 보호하지 않지?'

하지만 그렇게 생각할 때조차 엘리어트는 알고 있었다. 교실에서 그녀는 권위를 상징했고, 아이들은 태어날 때부터 지금까지 계속 권위를 존중해야 한다고 배워왔다는 사실을. 그리고 그것이 아이들이 저항하지 않은 이유 중 하나라는 것을. 그런데 그런 권위에 대한 복종이 이 나라에서 인종차별이 지속되는 이유 중 하나가 아닐까? 남부의 인종차별법이나 북부의 인종차별 관습은 미국의 성인에게 같은 종류의 권위를 대표하는 것이 아닐까? 성인 중 얼마나 많은 사람이 거기에 맞서고 있는가? 이것 역시 엘리어트가 보기에는 수업의 중요한 부분이었다. 즉 권위가 틀렸다는 사실을 알게 되었다면 거기에 의문을 제기하는 것이 건강하다는 교훈 말이다. 마틴 루터 킹의 삶, 그리고 그의 죽음은 모두 이에 대한 것이 아니었을까?

엘리어트가 한숨을 깊이 내쉬며 말했다. "그래도 아이들에게 그런 것들을 가르치기에 제가 생각해낸 실험보다 더 나은 방법이 분명히 있을 거예요. 아이들이 우리 중 많은 사람과 같은 어른으로 성장하지 않도록 하기 위해 이것보다 덜 고통스럽고 덜 극단적인 교육 방법이 있을 겁니다. 인간이 달까지 가는 세상인데, 그 방법도 분명히 찾을 수 있을 거라고 봐요. 이 일을 하기에 더 나은 방법을 저에게 말해줄 수 있는 전문가가 어딘가 분명히 있을 거라고요. 하지만 지금까진, 아무도 제게 그런 말을 해주지 않았어요."

결국 엘리어트는 자신의 새로운 학생들과도 '차별의 날'이라 불리는 이 실험을 하기로 결심했다. 아이들과 한 달을 함께 지내보고 난 뒤, 모든 아이가 그 실험으로 맞닥뜨릴 문제를 다룰 수 있을 거라는 확신이 생겼기 때문이다. 첫해의 결과로 미루어볼 때 이 실험이 아이들의 학습 과정에서 중요한 일부라는 생각은 더욱 강해졌다. 그녀는 실험 이후 그 결과를 관찰하고 대처하는 데 시간을 많이 쓸 수 있도록 이 실험 수업을 학기 초인 10월로 계획했다.

이틀간의 실험 결과, 일어난 일은 이전 해와 비슷했지만 몇 가지 차이가 있었다. 예를 들면, 한 소년은 실험 기간 내내 눈 색깔은 사람들 사이에서 아무런 차이도 만들어내지 않는다고 계속 주장했다. "사실이 아니에요." 이 소년은 엘리어트가 차별적인 말을 할 때마다 이렇게 말했다. 그리고 엘리어트가 한 그룹에 특혜를 줄 때마다 "불공평해요"라고 주장했다. 소년이 속한 그룹이 '우월한' 그룹이 되어 쉬는 시간을 추가로 받을 때에도 소년은 그게 옳지 않다고 주장했다.

"넌 좋아해야 하는 거야, 폴." 엘리어트가 소년에게 말했다. "네가 옳은 눈 색깔을 가졌잖니."

"하지만 그건 사실이 아니고, 선생님이 뭐라 말하든 불공평해요." 소년은 열띤 목소리로 고집스럽게 맞섰다.

또 다른 소년은 전체 실험을 그저 무시해버리는 것처럼 보였다. 드러내놓고 반대하지는 않았지만 그는 눈 색깔과 상관없이 평소 하던 대로 친구들을 대했다. 차별하지도 않았고 '열등한' 그룹에 속했다고 절망하거나 '우월한' 그룹에 속했다고 들뜨지도 않았다.

이 실험을 끝낸 뒤 거의 여덟 달 동안 이 아이들을 가르쳤기 때문에 엘리어트는 첫해보다 실험의 장기적 영향을 더 잘 관찰할 수 있었다. "그해 내내 아이들은 자신들이 배운 것을 다른 새로운 상황에 적용했어요. 크리스마스 즈음엔 우리가 어떻게 하면 '땅 위에 평화'를 가져올 수 있을지를 놓고 토론했는데, '차별의 날' 실험엔 처음부터 끝까지 저항하던 폴이 '어른들이 모두 차별의 날 수업을 받게 하면 돼요'라고 말하더군요."

또 언젠가 엘리어트는 아이들이 모두 휴식 시간에서 돌아왔을 때 운동장에서 당번 근무를 서고 있던 교사에 대해 심하게 불평하는 모습을 보았다. 불평이 한동안 지속되기에 엘리어트는 아이들에게 이유를 물었다. 아이들 말이 옳은지 틀린지는 확인해보지 않아 알 수 없었다.

하지만 거의 모든 아이들이 그 교사가 3학년 다른 반에서 온 남자아이들 한 그룹을 늘 괴롭힌다고 완강하게 주장했다. "그 아이들은 잘못한 게 전혀 없어요." 한 소년이 이렇게 말했다. "그런데 우리가 운동장에 나갈 때마다 그 선생님은 걔네만 바라보고 아무 이유 없이 걔네한테 소리를 질러요." 다른 아이들도 이에 동의했다. 그러자 한 아이가 말했다. "그 선생님이 걔네를 차별하고 있어요. 그 선생님의 행동은 차별이에요." 갑작스럽게 아이들이 모두 같은 생각을 떠올리곤 그 교사가 '차별의 날' 수업을 받아야 한다고 주장했다. 그래야 그 교사가 이유 없이 차별당하는 아이들이 어떤 느낌일지 알 수 있다는 것이다.

엘리어트가 차별 실험을 다시 실시했다는 소문이 퍼지자 3학년 아이들과 같은 스쿨버스를 타는 고등학생 몇몇이 어린 학생들을 조롱하기 시작했다. "너희가 그 '깜둥이 애인' 한테 배우는 애들이구나. 그러면 너희도 전부 깜둥이 애인이겠네."

그 고등학생들은 엘리어트의 3학년 학생들이 3년간 같은 스쿨버스를 타고 다니면서 떠받들고 경탄하고 선망하던 아이들이었다. 매일 학교를 오갈 때 버스 뒷좌석에 앉아서 시끄럽게 떠들면서 가만히 있지 못하고 거칠게 굴었지만, 그런 모습이 어린 학생들에겐 매력적으로 보였다. 하지만 이 일이 일어나자 엘리어트의 반 학생 중 한 소년이 갑자기 키가 부쩍 커지기라도 한 것처럼 으스대며 걸어 들어오더니 그녀에게 말했다. "우와, 선생님, 오늘 아침 버스에서 제가 뭘 배웠게요?" 엘리어트가 뭘 배웠느냐고 물으니 소년은 이렇게 말했다. "그 고등학생들보다 우리가 아는 게 훨씬 더 많아요. 오늘 버스에서 그들이 우리를 '깜둥이 애인들'이라고 불렀어요. '깜둥이'라는 말을 쓰는 게 잘못됐다는 걸 우리는 이미 알잖아요. 그리고 흑인이라고 해서 잘못된 게 전혀 없다는 것도 알고요. 그런데 그들은 고등학생인데 그런 것도 몰라요!"

엘리어트는 죄책감과 자부심 사이에서 어쩔 줄을 몰랐다. 죄책감은 겨우 아홉 살 난 아이들을 그런 조롱에 노출시켰다는 것이었고, 자부심은 아이들의 반응을 보면서였다. 다른 아이들도 모두 이 소년의 말에 동의했기 때문이다.

실험 수업이 끝나고 몇 주가 지난 뒤, 엘리어트는 3학년 학부모 회의에서 반 아이 중 한 소년의 어머니와 마주쳤다. "선생님, 우리 아들을 어떻게 가르치신 거예요?" 그 어머니가 물었다. "집에서 완전히 달라졌지 뭐예요. 심지어 가족 모두 우리 아들이 학교에서 돌아오기를 기다리게 되었다니까요. 동생들에게도 얼마나 친절하게 대하는지 몰라요. 완전히 다른 아이가 된 것 같아요. 어떻게 그렇게 된 거죠?"

그건 사실이었다. 엘리어트는 학교에서도 그 아이에게서 같은 변화를 보았다. 그 변화는 '차별의 날' 실험 이후에 일어난 일이다. 공격적이고 남에게 함부로 대해 인기가 없던 소년이 사려 깊고 유쾌한 아이가 되었다.

"거의 하룻밤 사이에 그렇게 되었죠." 엘리어트가 말했다. "그렇게 극적인 변화를 겪었다는 점에서 그 아이는 분명히 예외적이긴 하지만, 제게는 우리 반 모든 아이가 전보다 사랑스럽고 서로에게 더 친절해진 것처럼 보였어요. 그 실험 이후 학급 분위기도 달라졌어요. 우리는 모두 서로에게 훨씬 더 편안함을 느끼게 되었죠."

6

제인 엘리어트는 독해 능력 치료 수업에서 능력을 인정받아 다음 해에도 읽기 능력이 떨어지는 3학년 학생 열여섯 명을 맡게 되었다. 1969년 가을, 새 학기가 시작될 무렵 그녀는 과감하게 차별 수업을 또 실시할 것인지를 두고 고민했다. 우선은 열린 마음을 갖기로 마음먹고 그녀는 평소처럼 열정적으로 수업에 임했다.

늦가을 무렵, 착실하게 진도를 나가던 엘리어트는 전체 1년 과정의 중반쯤이 되면 차별 수업을 하기로 마음속으로 일정을 짜두었다. 그렇게 하면 차별 실험을 하기 전에 학생들과 좋은 관계를 맺을 시간뿐 아니라 실험 이후 학생들이 배운 것이 무엇이든 그것을 더 생각해볼 시간을 가질 수 있기 때문이다.

그런데 그때가 다가오자, 어떤 면에서는 마치 이전 두 번의 실험이 일종의 리허설을 치른 것과 같은 상황이 되었다. ABC 방송이 이 수업을 TV 다큐멘터리로 만들기 위해 프로듀서 한 명과 촬영진 두 팀을 보내 수업을 촬영하도록 허락해달라고 요청해왔기 때문이다. 이것은 교실에서 무슨 일이 벌어지든 전부 되돌릴 수 없게 영상에 담기고 수백만 명의 시청자가 이 광경을 보게 된다는 걸 의미했다.

촬영을 위한 준비 작업은 순조롭게 진행됐다. 브랜드밀 교장, 교육감인 도널드 존슨(Donald Johnson), 학교 이사회, 학급 아이들과 학부모가 모두 촬영에 동의했다. 그러나 아이들은 자기 반이 TV 촬영 대상으로 선정됐다는 말밖에 듣지 못했다. 다가올 '차별의 날' 실험에 대한 아무런 경고나 사전 지식도 없었다.

학급의 소년 여덟 명과 소녀 여덟 명에게 조명과 카메라, 마이크, 촬영 스태프에 익숙해질 시간을 주고, 프로듀서에겐 정상적인 학교 활동을 촬영할 기회를 주기 위해 실험을 시작하기 전 하루 일과를 전부 카메라에 담았다. 일요일에 카메라와 조명을 설치했고, 월요일인 1970년 2월 23일 아이들이 학교에 도착했을 때 교실은 미니 스튜디오로 변해 있었다. 모든 촬영 장비는 교실의 한쪽 벽면을 따라 놓였고, 엘리어트와 아이들은 나머지 공간을 평상시처럼 자유롭게 사용할 수 있었다.

엘리어트는 미리 아이들에게 카메라를 쳐다보지 말고 카메라맨의 움직임에 신경 쓰지 말라고 말해두었다. 첫날엔 약간의 예외가 있었지만, 아이들은 곧 그렇게 했다. 엘리어트는 또한 이 촬영이 국가 형제애 주간(National Brotherhood Week)* 에 진행된다는 사실을 이야기했고 아이들에게 형제애 주간이 무엇을 뜻하는지 생각해보라고 했다. 촬영이 진행될 때 스태프 열한 명 중 두 명이 흑인이었다. 아이들은 거의 이 사실을 눈치채지 못하는 것 같았다.

아이들에게나 촬영 스태프에게나 월요일은 빠르게 지나갔다. 쉬는 시간과 점심시간, 그리고 학교의 하루 일과가 시작하기 전이나 끝난 뒤 아이들은 프로듀서와 그의 조수, 카메라맨 두 명과 조수들, 음향효과 담당자 세 명, 전기기술자 등 스태프와 신나게 수다를 떨었다. 아이들은 설치한 카메라를 철거하는 모습을 구경했고, 렌즈를 들여다보거나 마이크를 실험해보고, 테이프 리코더로 녹음한 자신들의 목소리를 들어보기도 했다. 촬영 팀은 아이들이 집에 가져가서 가족들에게 보여줄 수 있도록 필름 한 조각, 짤막한 오디오 테이프를 선물했다.

수업이 시작되면, 촬영 팀은 그날의 하이라이트가 될 만한 일들을 촬영하고 녹음하면서 조용하고 두드러지지 않게 자신들의 일을 시작했다. 카메라맨은 폭동부터 지진까지 모든 재난과 사고 현장을 촬영해본 사람이고, 음향효과 담당자는 권투선수의 수상 소감부터 대통령의 목소리까지 녹음해봤으며, 프로듀서는 미시시피의

● 1934년부터 매년 2월 셋째 주, 모든 편견과 차별을 뛰어넘어 어울려 살자는 취지로 행사를 치르던 기념 주간

시민권을 주제로 한 다큐멘터리부터 동아프리카의 야생동물에 관한 다큐멘터리까지 만든 경력이 있었다. 이들 모두는 자신들의 눈앞에서 벌어지는 교사와 학생들의 상호작용에 빠르게 몰입했다. 제인 엘리어트는 자신의 일에 열정을 갖고 있었고, 보기만 해도 흡족한 3학년 아이들과 함께하는 것을 기뻐했다. 그리고 물론 학생들과 달리 촬영진은 다음 날 무슨 일이 일어날지 이미 알고 있었다.

촬영이 진행되는 동안, 엘리어트는 아이들에게 그녀 자신을 그려보라고 했다. 아이들이 자주 그녀를 흘깃 쳐다보면서 그림 그리는 일에 열중하는 동안 교실 뒤편에 앉은 한 소녀가 엘리어트에게 눈동자가 어떤 색이냐고 물었다. "푸른색이야." 엘리어트는 말하면서 잠깐 안경을 벗었다. "네 눈은 어떤 색이니?"

"갈색이요." 아이가 눈을 동그랗게 뜨면서 말했다.

"갑자기 궁금해지네." 엘리어트가 무심코 말했다. "우리 중 갈색 눈을 가진 사람이 몇 명이나 될까?" 아이들은 그림을 그리다 말고 서로의 눈을 들여다보기 시작했다. 수를 다 세어보니, 여덟 명이 푸른 눈이었고 또 다른 여덟 명이 갈색이거나 녹색 눈이었다. 엘리어트는 교실 앞 칠판에 아이들의 이름과 눈동자 색을 적었다. 그런 다음 아이들은 다시 그림 그리는 일에 열중했다. 그림 그리기가 끝났을 때 엘리어트는 아이들의 그림을 걷었다. 아이들은 예외 없이 그녀가 크게 웃음 짓는 모습을 그렸다. 이 그림들을 넘겨보며 엘리어트는 갈색 눈을 가진 아이들이 다음 날에는 그녀를 어떻게 묘사할지 궁금해졌다.

다음 날 아이들이 밝게 조명이 켜진 교실에 나타났을 때, 그들의 이름과 눈동자 색은 칠판에 그대로 적혀 있었다. 벨이 울리기 전 몇몇 아이는 카메라맨이 장비 옆에 조용히 서 있는 곳까지 왔다 갔다 했다. 아이들은 이제 촬영진을 교실의 일부로 받아들였다. 그들의 존재에 전날처럼 흥분하는 아이는 거의 없었다.

이날은 국기에 대한 경례로 시작되었다. 교실 앞에서 엘리어트가 힘차게 지휘를 하면서 국가를 부르는 동안, 금발과 밝은 푸른 눈에 합창단 소년처럼 부드럽고 동그란 얼굴을 가진 레이먼드 한센(Raymond Hansen)이 거의 무의식적으로 아이들을 향해 뒤돌아서서 한 손으로 박자를 맞춰가며 크게 노래를 불렀다. 그는 확실히 학교생활을 즐기는 소년이었다.

"자, 우리에게 시를 들려줄 사람?" 아이들이 자리에 앉자마자 엘리어트가 물었다. 몇몇 아이가 손을 들었고 그 뒤 10분간 노래와 뒤섞여 아이들의 열띤 시 낭송이 이어졌다. 브라이언 샐타우(Brian Saltou)는 전염성이 강한 웃음을 짓는 장난기 많은 아이였는데, 〈고아 소녀 애니(Little Orphant Annie)〉*를 처음부터 끝까지 거의

● 1885년 제임스 위트콤 라일리(James Whitcomb Riley)가 쓴 동시. 여기에 영감을 얻어 같은 제목의 영화, 만화, 라디오와 TV 프로그램이 만들어졌고 유명한 캐릭터가 되었다.

틀리지 않고 암송했고 자신이 해냈다는 사실에 기쁨의 미소를 지었다.

마침내 엘리어트는 앞 벽의 달력을 쳐다본 뒤 말했다. "이번 주는 특별한 주간이야. 그게 뭔지 아는 사람?"

"국가 형제애 주간요." 몇몇 아이가 대답했다.

"형제애가 무슨 뜻이지?" 엘리어트가 질문했다.

잠시 정적이 흐른 뒤 뭔가 매력적이고 자유로운 이미지를 풍기는 샌드라 돌먼(Sandra Dohlman)이 주저하며 물었다. "형제에게 친절하라는 뜻인가요?"

"좋아." 엘리어트는 고개를 끄덕였다. "너의 형제에게 친절하라."

"네가 대접받고 싶은 대로 다른 사람을 대하라?" 레이먼드 한센이 물었다.

"네가 대접받고 싶은 대로 다른 사람을 대하라." 엘리어트가 한센의 말을 반복했다. "모든 사람을 대하라. 마치 그가 너의……."

"형제인 것처럼요." 아이들이 입을 모아 말했다.

엘리어트는 문을 향해 몇 발짝 나아간 뒤 돌아서서 물었다. "미국에서 우리가 형제처럼 취급하지 않는 사람이 있다고 생각하니?"

"네." 몇몇 아이가 대답했다.

"그게 누굴까?"

레이먼드 한센이 즉시 대답했다. "흑인들요."

"흑인들, 그리고 또?" 엘리어트가 말했다.

"인디언요?" 돌먼이 물었다.

"그렇지, 인디언들." 엘리어트가 덧붙였다. "그리고 많은 사람이 흑인 또는 피부색이 노랗거나 붉은 사람을 보면 뭐라고 생각할까? 때때로 그들이 뭐라고 하지?"

돌먼이 역겹다는 듯한 표정을 지으며 말했다. "으, 저런 멍청이들 좀 봐."

"저런 멍청이들 좀 봐." 엘리어트가 심드렁한 어투로 따라했다. "그리고 또 가끔 뭐라고 생각하지? 흑인들에 관해 사람들이 어떤 말을 하지?"

기민하고 다부져 보이는 소년 그레그 요한스(Greg Johanns)가 얼굴을 찌푸리더니 말했다. "사람들은 그들을 '깜둥이'나 '깜씨'라고 불러요. 저도 예전에 '깜둥이'라고 부르곤 했는데, 아빠가 그들을 흑인이라고 불러야 한다고 알려줬어요. 이젠 그들을 흑인이라고 불러야 해요."

엘리어트는 고개를 끄덕이더니 계속 말했다. "미국의 도시와 다른 많은 곳에서 흑인은 어떤 취급을 받고 있지? 인디언은 어떻게 취급받을까? 우리와 다른 피부색을 가진 사람들이 어떤 취급을 받고 있을까?"

요한스가 다시 말을 받아 대답했다. "마치 그들이 세상의 일부가 아닌 것처럼 취급받아요. 그들은 이 세상에서 아무것도 얻지 못해요."

"왜 그럴까?" 엘리어트가 물었다.

"왜냐하면 그들의 피부색이 다르니까요." 요한스가 말했다.

엘리어트가 학생들에게 흑인에 대해 무엇을 알고 있느냐고 묻자 여러 아이가 자진해서 대답했다. "그들은 몸집이 커요." 한 소년은 이렇게 덧붙였다. "TV에서 미식축구를 하는 사람들을 보면 그래요."

밝은 갈색 눈과 갈색 생머리를 가진 키가 큰 소녀 도나 레델 (Donna Reddel)은 자신이 TV에서 본 흑인 여성 몇몇이 예쁘다고 생각한다고 말했고, 한 흑인 가수의 이름을 예로 들었다. "저는 그 가수의 헤어스타일이 좋아요." 레델이 덧붙였다.

"그중 몇 명은 머리가 이렇게 여기에 붙어 있어요." 한 소년이 말하면서 손으로 흑인의 머리 모양을 묘사했다.

레델이 다시 말했다. "어제 복도에서 다른 반 아이들이 그랬어요. '너희 교실엔 깜둥이가 두 명 있네.' 어젯밤 저는 엄마한테 우리 교실에 흑인 두 명이 와 있다고 말했어요." 레델은 촬영진 중두 명의 흑인 스태프를 흘낏 쳐다보았다.

"흑인에 대해 그것 말고 엄마한테 더 말한 건 없니?" 엘리어트가 물었다.

레델이 미소를 지었다. "제가 그들을 좋아한다고 말했어요."

엘리어트가 고개를 끄덕였다. "우리가 흑인을 다르게 취급하는 이유는 그들의 피부색이 다르기 때문이라고 그레그가 말했어. 너희도 그 말이 맞다고 생각하니?"

"그럼요." 레이먼드 한센이 말했다.

"피부색으로 어떤 사람인지 평가받는 기분이 어떨지 너희가 안다고 생각하니?"

아이들은 모두 생각에 잠겼고 잠시 침묵이 흘렀다. 그리고 푸른 눈에 금발이며, 체구가 작고 강단 있는 소년 렉스 코작(Rex Kozak)이 고개를 끄덕였다. "예." 그는 반신반의하듯 대답했다.

"너희가 안다고 생각하는 거구나?" 엘리어트가 다시 물었다. 아이 몇 명이 고개를 가로저었다. "우리 학교는 학생들이 거의 백인인데, 흑인 소년이나 소녀로 살아가는 게 어떤 기분인지 너희가 정말로 알까?"

이번에는 고개를 가로젓는 아이들이 좀 더 많았다. "그래." 엘리어트가 말했다. "나는 너희가 직접 겪어보지 않으면 그 느낌이 어떤지 모른다고 생각해. 그렇지 않아?"

이제 엘리어트의 말에 아이들이 대체로 동의했다. 그녀는 잠시 말을 멈췄다. "그 기분을 알고 싶니?"

교실 이곳저곳에서 산발적으로 "예"라는 대답이 들려왔다. "자, 어디 보자." 엘리어트가 말했다. "너희가 서로 다르기 때문에 우리가 한번 활용해볼 수 있는 특징은 뭐가 있을까? 우리가 너희 중 일부를……"

"흑인으로 만들려고요?" 그녀가 말을 끝맺기도 전에 한센이 물었다.

엘리어트는 똑 부러지게 대답하지 않았다.

"눈 색깔요!" 갑자기 한 소녀가 말했다. "우리 눈동자 색요!"

"좋아." 엘리어트가 동의했다. "눈 색깔을 활용할 수 있겠구나. 여기서 푸른 눈을 가진 사람이 몇 명이지?" 여덟 명이 손을 들었다. "좋아, 갈색이나 녹색 눈을 가진 사람은?" 이번엔 다른 여덟 명의 손이 올라갔다.

"선생님 뒤 칠판에 다 쓰여 있어요." 한 소녀가 칠판을 가리키며 말했고, 엘리어트가 몸을 돌려 칠판을 바라보았다.

"그렇구나. 여기 있네." 다시 아이들을 향해 돌아선 엘리어트는 추측하는 듯한 어투로 말했다. "오늘은 사람을 눈 색깔로 판단해보면 재미있을 거야."

흥분한 아이 세 명이 자리에서 들썩거리기 시작했다.

"이거 해보고 싶니?"

"예!" 교실 전체가 흥분에 휩싸였고 아이들은 환성을 질렀다.

"재미있을 것 같아. 그렇지?" 엘리어트가 물었다.

"예!" 아이들이 다시 소리쳤다.

"좋아. 그럼 내가 선생님이고 푸른 눈을 가졌으니까 내 생각에 첫날엔 푸른색 눈을 가진 사람이 윗사람이 되어야 할 것 같아."

갈색 눈에 짧게 자른 머리, 계란형 얼굴에 진지한 표정의 소년

로이 윌슨(Roy Wilson)이 얼굴을 찌푸렸다. "그 말은……." 그는 엘리어트가 하는 말이 무슨 뜻인지 확실하게 알 수 없어서 말을 얼버무렸다.

"내 말은 이 교실에선 푸른 눈을 가진 사람이 더 나은 사람이라는 뜻이야." 엘리어트가 단호하게 말했다.

"아, 저런!" 브라이언 샐타우가 푸른 눈을 빛내며 짧은 감탄사를 터뜨렸다.

"그럼, 그렇고말고." 엘리어트가 그를 바라보며 말했다. "푸른 눈을 가진 사람이 갈색 눈을 가진 사람보다 똑똑하고……."

"아, 저런!" 샐타우가 이번에는 힘을 주어 다시 말했다. "우리 아빠는 멍청하지 않아요."

"아버지 눈 색깔이 갈색이니?" 엘리어트가 물었다.

"네." 샐타우가 퉁명스럽게 대답했다.

"언젠가 네 아버지가 너를 발로 찼다고 말했잖아." 엘리어트가 말했다. 아이들이 모두 낄낄거리며 웃었다.

샐타우도 웃으면서 고개를 까딱했다. "그랬어요."

"너는 푸른 눈을 가진 아버지도 아들을 발로 찰 거라고 생각하니?"

"우리 아빠는 그랬어요." 샐타우가 고집스럽게 대답했다.

엘리어트는 어깨를 으쓱했다. "내 아버지는 푸른 눈인데 절대 나를 발로 차지 않아. 레이먼드의 아버지도 푸른 눈인데 아들을 발로 차지 않아. 러셀의 아버지도 푸른 눈인데 러셀을 절대로 발로 차지 않지."

샐타우는 이 말을 듣기를 거부했다. 그는 손을 머리로 가져가더니 팔뚝으로 두 귀를 막고선 엘리어트의 말을 무시하며 책상 위로 머리를 푹 수그렸다.

"조지 워싱턴(George Washington)˙의 눈은 무슨 색이지?" 엘리어트가 물었다.

나란히 앉은 갈색 눈의 두 소녀 샌드라 돌먼과 줄리 스미스(Julie Smith)는 이 말에 서로의 눈을 쳐다보았다. "푸른색?" 돌먼이 자기 말이 틀렸기를 바라면서 눈을 깜빡이며 물었다.

브라이언 샐타우가 다시 고개를 들더니, 역겹다는 투로 말했다. "푸른색, 아니면 갈색이거나."

"푸른색, 푸른색이야." 엘리어트는 잠시 말을 멈추었다. "이건 사실이야. 푸른 눈의 사람이 갈색 눈을 가진 사람보다 낫다는 것 말이야."

샐타우가 거세게 고개를 가로저었다.

"네 눈은 푸른색이니, 갈색이니?" 엘리어트가 물었다.

"푸른색요."

"그런데 너는 왜 고개를 가로젓는 거지?"

● 미국 초대 대통령(1732~1799)

그는 어깨를 으쓱했다. "모르겠어요."

"네가 옳다고 확신해?"

샐타우는 단호하게 고개를 한 번 끄덕였다.

"왜? 무슨 근거로 네가 옳다고 확신하는 거지?"

"몰라요." 그가 말했다. 그러고서는 소리 내지 않고 입 모양만으로 이렇게 말했다. '하지만 제가 옳아요.'

엘리어트는 다시 다른 학생들을 향해 돌아섰고, 귀를 쫑긋한 채 그녀와 샐타우의 입씨름을 지켜보던 아이들은 다시 교실 정면을 향해 바로 앉았다. 다른 어떤 아이도 자신의 말에 더는 반발하지 않으리라는 점이 명백해졌을 때, 엘리어트가 말했다. "오늘 푸른 눈을 가진 사람들은 쉬는 시간을 5분 더 갖는다. 그동안 갈색 눈을 가진 사람들은 교실 안에 있어야 해."

푸른 눈의 아이들 쪽에선 기쁨의 탄성이 들렸고, 갈색 눈의 아이들 쪽에선 낮은 신음 소리가 흘렀다.

"갈색 눈을 가진 사람들은 식수대를 사용하면 안 돼." 그녀가 계속 말했다. "종이컵으로 물을 마셔야 한다."

"왜요?" 도나 레델이 물었다. 갈색 눈을 동그랗게 뜬 채 짜증 섞인 말투였다.

엘리어트가 레델의 질문을 아이들 앞에서 반복했다. "왜요?"

그레그 요한스가 대답했다. "갈색 눈의 사람들한테서 뭔가 옮을지도 모르니까요?"

엘리어트가 그를 바라보더니 짧게 고개를 끄덕였다. "갈색 눈의 사람들에게서 뭔가 옳을 수 있으니까." 엘리어트는 이 말이 아이들 사이에 충분히 스며들도록 잠깐 말을 멈추었다.

"갈색 눈을 가진 사람들은 운동장에서 푸른 눈을 가진 사람들과 같이 놀면 안 돼. 왜냐하면 너희는 푸른 눈을 가진 사람만큼 훌륭하지 않으니까. 특별히 초청받지 않는 한 너희는 푸른 눈을 가진 사람들과 함께 놀 수 없단다."

갈색 눈을 가진 소녀 여러 명이 애처로운 표정으로 푸른 눈을 가진 친구들을 쳐다보았다. 엘리어트가 덧붙였다. "그리고 내가 제안하는데, 너희 푸른 눈을 가진 사람들은 오늘 갈색 눈을 가진 사람한테 같이 놀자고 초청하기 전에 다시 한 번 생각해보기 바란다. 너희가 갈색 눈의 사람과 노는 걸 꺼리지 않을지도 모르고 꺼릴 수도 있어. 하지만 같은 푸른 눈의 친구들이 너희를 어떻게 생각할지 한 번 더 생각해보는 게 좋을 거야."

엘리어트의 말이 끝나자 교실은 정적에 휩싸였다. 그녀는 교실 뒤 자기 책상 쪽으로 걸어가며 말했다. "오늘 갈색 눈의 사람들은 깃을 하나씩 목에 두르게 될 거야. 우리가 멀리서도 너희 눈 색깔이 무엇인지 알 수 있도록 말이야." 그녀는 책상 위에서 여덟 조각의 파란색 펠트 천으로 된 깃과 핀을 집어 들었다. "우리가 서로의 눈 색깔을 볼 수 있을 만큼 늘 가까이 있진 않으니까. 그리고 등을 돌렸을 때에도 눈 색깔을 구별할 수 있으면 좋잖아." 그녀가 교실 앞쪽으로 걸어 나오며 말했다. "그래야 실수를 하지 않지. 자, 이 제 푸른 눈의 사람들은 이 깃을 달아줄 사람을 한 명씩 고르렴. 그리고 앞으로 나와 깃을 하나씩 가져가거라."

"제가 할게요!" 실라 새퍼(Sheila Schaefer)가 큰 소리로 말했다. 그녀는 늘 붙어 다니는 단짝 친구인 세 소녀 중 유일하게 푸른 눈을 가졌다. 새퍼는 가장 친한 친구 두 명, 검은 머리의 수잔 진더(Susan Ginder)와 마르고 주근깨투성이에 빨간 머리를 한 줄리 스미스 사이에서 잠깐 망설이더니 스미스에게 깃을 달아줬다.

다른 푸른 눈의 아이들도 갈색 눈을 가진 친구들의 목에 깃을 둘러주느라 바빴다. 그러나 브라이언 샐타우는 자리에 그냥 앉아 있었다. 엘리어트가 마지막 남은 깃을 들었을 때 샐타우는 마지못해 일어나더니 깃을 받아들고 아직 깃을 달지 못한 유일한 갈색 눈의 아이에게 둘러주고선 자리에 앉았다.

7

푸른 눈의 아이들을 교실 앞쪽에 앉히고 줄반 장도 전부 푸른 눈의 아이들이 맡도록 한 뒤, 엘리어트는 학생들에게 영어 문제집을 꺼내라고 지시했다. "127쪽이야." 그녀가 칠판에 쪽 번호를 쓰면서 말했다.

"다들 준비됐니?" 아이들을 둘러보며 엘리어트가 마지막으로 물었다. 그러고는 문제집을 빠르게 넘기며 꼼지락대던 갈색 눈의 작은 소녀 로리 메이어(Laurie Mayer)를 쳐다보았다. "다 준비됐는데 로리만 안 됐구나." 마침내 메이어가 페이지를 찾자 그녀가 물었다. "준비됐니, 로리?" 알록달록한 스타일의 안경을 쓴 메이어는 불행한 표정으로 선생님을 쳐다보면서 고개를 끄덕였다.

"쟤, 갈색 눈이잖아!" 누군가가 비웃었다.

"쟤는 갈색 눈이야." 엘리어트가 단호하게 말했다. "오늘 너희는 우리가 갈색 눈의 사람들을 기다리면서 많은 시간을 낭비한다는 것을 눈치채기 시작했을 거야."

메이어는 언짢은 듯 입술을 오므렸다. 그녀 근처에 앉아 있던 레델은 분노에 찬 표정으로 엘리어트를 바라보며 갈색 눈을 번쩍였다.

아침 내내 일은 그런 식으로 진행되었다. 갈색 눈의 아이가 늦거나 실수를 할 때마다 엘리어트는 콕 꼬집어 지적했다. 푸른 눈의 아이들은 겉으로 보기엔 아무것도 잘못하는 게 없는 듯했다. 갈색 눈의 아이들이 긴장하고 불행해질수록, 푸른 눈의 아이들은 여유로웠고 모든 걸 인정해주는 선생님의 눈길 아래 활짝 피어나는 모습이었다. 단 한 명 예외가 있다면 브라이언 샐타우였다. 푸른 눈이 사람을 더 낫게 만들어준다는 엘리어트의 주장에 처음부터 열심히 반대하던 샐타우는 여전히 양쪽 그룹 어디에도 속하지 않은 것처럼 보였다. 갈색 눈의 아이들을 놀리지도 않았고 푸른 눈의 아이들과 동질감을 느끼지도 않았다. 엘리어트는 언제나 그가 일종의 외톨이라고 생각해왔는데, 샐타우는 이번에도 그렇게 남아 있었다.

아침 휴식 시간에 푸른 눈의 아이들은 5분 먼저 교실을 떠나도 좋다는 허락을 받았고 모두 기쁨에 들떠 부산스럽게 교실을 나갔다. 갈색 눈의 아이들은 교실에 남아 우울한 얼굴로 공부를 했다. 자신들이 나갈 시간이 되자 아이들은 코트 위로 깃을 다시 둘렀고 눈이 내린 운동장을 향해 터벅터벅 걸어갔다. 침울하고 불만스러우며 화가 잔뜩 난 채였다. 갈색 눈의 소녀 세 명이 아이들이 무리지어 있는 북적북적한 그네와 미끄럼틀, 정글짐을 외면한 채 맹렬한 기세로 운동장을 가로질러 걸어갔다. 그들은 머리를 한데 모은 채 뭔가 이야기를 했고, 얼어붙은 운동장을 쿵쾅거리며 가로질러 가는 동안에도 계속 이야기를 나누며 씩씩댔다.

갈색 눈의 소년 두 명이 학교 건물 구석으로 미끄러져 들어가더니 갈색 벽 앞 계단에 오도카니 앉았다. 쉬는 시간이 끝나갈 즈음, 갈색 눈을 한 아이들은 모두 서로를 알아보았고, 벽을 따라 작은 무리를 지어 옹송그리며 모여 있었다. 소녀 두 명이 금방이라도 울음을 터뜨릴 것 같은 세 번째 소녀를 위로했다.

쉬는 시간이 끝난 뒤, 덩치가 크고 온순하며 푸른 눈을 한 소년 러셀 링(Russell Ring)이 옷이 온통 젖은 상태로 돌아왔다. 이유를 묻자 그는 레슬링을 했다고 설명했다. "레슬링을 좋아하는가 봐, 그렇지?" 엘리어트가 웃으며 물었다.

"그럼요." 링이 대답했다.

"쟤는 힘도 세요." 렉스 코작이 웃으며 말했다.

"아무렴, 힘이 세고말고. 눈이 파란색이잖니. 렉스, 너도 힘이 셀 거야." 엘리어트가 말했다.

"물론이죠. 하지만 러셀만큼 세지는 않아요." 코작이 대답했다.

코작 옆에 앉아 있던 푸른 눈의 그레그 요한스가 말했다. "저도 싸우는 거 좋아해요. 제가 제 여동생한테 어떻게 하는지 선생님이 보셨어야 하는데."

엘리어트가 소리 내어 웃었다. "그레그, 너는 늘 네 여동생하고만 싸우는구나. 그렇지?"

요한스가 웃으며 고개를 끄덕였다. "그럼요. 재밌거든요."

그날 오전 늦게, 다른 아이들이 자기들 책상에서 과제를 하는 동안 엘리어트는 푸른 눈의 아이들만 교실 뒤편의 둥그런 탁자에 둘러앉아 책을 읽게 한 뒤 이들을 봐주고 있었다. 엘리어트가 지시봉으로 쓰려고 잣대를 찾아 뒤편의 분필통에 손을 뻗었지만, 잣대가 없었다. "잣대가 없어졌네." 엘리어트는 교실을 휙 둘러보았다. "잣대가 안 보이네. 어디 있는지 아는 사람?" 그녀는 탁자 주변에 있던 아이들에게 물어보았다. 그들 중 한 명이 잣대를 찾았고 그녀에게 가져다주었다. 엘리어트는 잣대를 들고 칠판 앞에 섰다.

"저기요, 선생님!" 레이먼드 한센이 신이 나서 말했다. "잣대를 선생님 책상에 갖고 계시는 게 좋겠어요. 만약에 갈색 사람들, 아니 갈색 눈의 사람들이 말을 듣지 않으면……." 그의 목소리가 잦아들었다.

"오, 너는 갈색 눈의 사람들이 말을 듣지 않을 때 저 잣대가 쓸모 있을 거라는 말이구나?" 엘리어트가 못마땅한 기색을 미처 감추지 못한 채 말했다.

갈색 눈을 가진 아이 몇 명이 몸을 돌려 한센을 매섭게 노려보자, 한센이 한발 물러섰다. "글쎄요, 아뇨."

점심시간에, 엘리어트는 교실 앞쪽에 서 있었다.

"점심 먹으러 누가 먼저 가지?" 엘리어트가 물었다.

"푸른 눈요." 푸른 눈의 아이들이 말했다.

"그래, 푸른 눈을 가진 사람들이야." 엘리어트가 동의했다. "갈색 눈을 가진 사람들은 밥을 한 번 이상 먹으면 안 돼. 푸른 눈을 가진 사람들은 더 먹어도 되지만 갈색 눈은 안 돼."

"갈색 눈은 왜 안 돼요?" 브라이언 샐타우의 목소리엔 짜증 이상의 것이 어려 있었다.

"몰라서 묻니?" 엘리어트가 물었다.

"그들은 똑똑하지 않잖아." 요한스가 그에게 알려주었다.

"그게 유일한 이유일까?" 엘리어트가 아이들 전체에게 물어보았다.

"선생님은 갈색 눈의 아이들이 밥을 너무 많이 가져갈까 봐 걱정하시는 거잖아요." 실라 섀퍼가 신이 나서 말했다.

"그 애들이 밥을 너무 많이 가져갈지도 몰라." 엘리어트가 고개를 끄덕이며 말했다. "자, 이제 줄을 서거라. 푸른 눈을 가진 사람들이 먼저야."

아이들이 문에서 두 줄을 만들려고 이동하는 동안, 레이먼드 한센이 목소리를 높였다. "선생님, 식당 아주머니에게 저 깃을 단 아이들이 디저트를 한 번만 먹는지 감시하라고 말씀하셔야 해요."

엘리어트는 갈색 눈의 친구들을 차별하는 데에서 기쁨을 느끼는 한센의 태도에 역겨움을 감추는 데 또다시 애를 먹었다. 그녀가 말했다. "아하, 너는 내가 구내식당에서 도와주는 분에게 갈색 눈의 사람들을 다르게 대하라고 말해줘야 한다고 생각하는구나?"

"식당 아주머니가 감시해야 해요!" 요한스가 소리쳤다. "그녀에게 말해요! 말해요!"

다른 푸른 눈의 아이들과 함께 줄의 앞쪽에 안전하게 서 있던 실라 섀퍼가 신이 나서 펄쩍펄쩍 뛰며 소리쳤다. "오, 예!"

"우리가 그렇게 해야 하는가 보네. 모두들 그렇다고 생각하니?"

줄의 앞쪽에서 "예"라는 합창 소리가 들려왔다.

오후 쉬는 시간에 덩치가 크고 활달하며 푸른 눈을 가진 러셀 링과 몸집이 작고 조용하며 갈색 눈을 가진 존 벤타인(John Benttine) 사이에 가벼운 실랑이가 있었다. 둘 사이에 있었던 일 때문에 벤타인은 몇 시간 동안 분을 삭이지 못한 채 씩씩거리고 있었다. 둘은 친한 친구 사이였지만 벤타인은 링이 자신을 놀리는 데 분개하고 있었다.

그들의 싸움에 대해 들은 엘리어트는 쉬는 시간이 끝나자마자 이 문제를 거론했다. "쉬는 시간에 무슨 일이 있었니? 남학생 중

두 명이 싸웠어?" 엘리어트가 물었다.

"러셀과 존이 그랬어요." 여러 명의 아이가 동시에 말했다.

"존, 무슨 일이 있었던 거지?" 엘리어트가 물었다.

턱이 목에 두른 깃에 거의 파묻힌 채, 존 벤타인은 분한 표정으로 선생님을 올려다보았다. "러셀이 저한테 욕했어요. 그래서 제가 저 애 배를 때렸어요."

"뭐라고 욕했는데?"

"갈색 눈이라고 했어요." 벤타인의 입술이 떨렸다.

"네가 존을 '갈색 눈'이라고 불렀니?" 엘리어트가 러셀 링에게 물었다.

링이 겸연쩍은 표정을 지으며 안경 너머로 그녀를 바라보았다.

"쟤네는 우리를 계속 그렇게 불러요." 교실 건너편에서 로이 윌슨이 불만을 털어놓았다.

"'이리 와봐, 갈색 눈.' 이렇게 불러요." 아이들의 조롱을 흉내내며 벌라 불스(Verla Buls)가 말했다.

"쟤들도 우리를 '푸른 눈'이라고 불렀어요." 렉스 코작이 분한 듯 씩씩댔다.

"난 안 그랬어." 수잔 진더가 말했다.

"나랑 샌드라, 도나가 그랬어." 로이 윌슨이 인정했다.

"맞아." 코작이 동의했다.

"'갈색 눈'이라고 불리는 게 뭐가 문제지?" 엘리어트가 아이들에게 물었다.

"우리가 멍청하다는 뜻이잖아요. 뭐, 정확히 그렇지는 않지만." 로이 윌슨이 말했다.

그가 말을 잇기 전에 푸른 눈을 가진 레이먼드 한센이 한껏 들뜬 표정으로 눈을 반짝이며 끼어들었다. "그건 다른 사람들이 흑인을 '깜둥이'라고 부르는 것과 똑같잖아!"

벤타인을 향해 돌아서면서 엘리어트가 물었다. "이게 네가 친구를 때린 이유야?" 벤타인이 그녀를 빤히 쳐다보았는데 그의 갈색 눈은 분노로 이글거렸다. 그는 짧게 고개를 끄덕였다.

"그렇게 하니까 도움이 되던?"

벤타인은 고개를 가로저었다.

"그렇게 하니까 러셀이 욕하는 걸 멈추었니?"

그는 다시 한 번 고개를 가로저었다.

"그렇게 하니까 마음이 편해졌어?"

벤타인은 다시 한 번 고개를 가로저었지만 이번에는 다소 머뭇거렸다.

이제 러셀 링을 향해 돌아서서 엘리어트가 물었다. "존을 '갈색 눈'이라고 부르니까 넌 기분이 좋았니?" 링은 당황한 표정이었지만 대답하지 않았다. "왜 존을 '갈색 눈'이라고 불러도 된다고 생각했지?"

이번에는 브라이언 샐타우가 끼어들었다. "왜냐하면 존이 갈색 눈을 가졌으니까요." 누구나 알 수 있는 사실이었지만 굳이 그가 말했다.

"그게 유일한 이유야?" 엘리어트가 물었다. "어제는 존을 '갈색 눈'이라고 부르지 않았어. 저 아이의 눈은 어제도 갈색이었지. 그렇지 않니?"

"하지만 우리가 이걸 시작했잖아요." 한 갈색 눈의 소녀가 반박했다.

"맞아요." 샐타우가 비난하듯 말했다. "선생님이 쟤네들한테 파란색 깃을 두르게 한 뒤부터예요." 샐타우는 갈색 눈을 가진 아이들이 두른 깃을 흉내 내어 목둘레를 따라 손가락을 돌렸다.

그날 갈색 눈의 아이들에게 가한 마지막 타격은 엘리어트가 푸른 눈의 아이들만 체육관에 보낸 것이었다. 푸른 눈의 아이들이 교실을 떠나자 그녀는 우거지상이 된 갈색 눈의 아이 여덟 명을 맞닥뜨렸다. "모두들 교실 앞쪽으로 와라." 칠판과 책상 사이의 의자에 앉으면서 엘리어트가 말했다. 아이들은 마뜩지 않은 태도로 다가와서 책상 위와 교실 바닥에 앉았다.

"오늘 기분이 어땠어?" 엘리어트가 아이들에게 물었다.

"끔찍했어요." 도나 레델이 말했다.

"즐거운 날은 아니었어. 그렇지?" 엘리어트가 묻자 아이들이 모두 동의했다. "왜 그랬을까?"

"왜냐하면 우리가 갈색 눈을 가졌으니까요." 로이 윌슨이 말했다.

"너희가 이전에 몰랐던 것 중 뭐라도 오늘 배운 게 있니?"

잠시 침울한 침묵이 흐른 뒤 샌드라 돌먼이 대답했다.

"푸른 눈을 가지는 게 더 좋다는 거요."

"눈 색깔을 어떻게 할 수 있어?"

돌먼이 고개를 가로저었다.

"눈 색깔은 바꿀 수 없잖아. 그렇지 않니?"

아이들이 모두 고개를 가로저었다.

"푸른 눈을 가졌으면 좋겠다고 생각해?"

"예." 아이들 몇 명이 대답했다.

"왜?"

"글쎄요. 쉬는 시간도 더 가질 수 있잖아요." 수잔 진더가 말했다.

"그리고 점심때 더 먹을 수 있고요." 로리 메이어가 거들었다.

"체육관에도 갈 수 있잖아요." 줄리 스미스가 덧붙였다.

"그게 다 왜 그런 걸까?" 엘리어트가 물었다.

"왜냐하면 푸른 눈을 가졌으니까요." 아이들 몇 명이 대답했다.

"그게 유일한 이유야?"

"푸른 눈이 더 나아요. 모든 걸 다 가질 수 있으니까요." 샌드라 돌먼이 말했다.

"그리고 우리는 이 바보 같은 깃을 두르고 있어야 하잖아요." 도나 레델은 화가 나 있었다.

"깃을 떼어버린다고 뭐가 달라지니?" 엘리어트가 물었다.

"아뇨." 몇몇 아이가 대답했다.

"왜 달라지지 않을까?"

"글쎄요. 우리 눈은 계속 갈색이니까요." 수잔 진더가 말했다.

"그래, 갈색 눈이라는 게 문제야. 그렇지?"

아이들 몇 명이 침울한 표정으로 고개를 끄덕였다.

"우리가 시작할 때 했던 말 기억할 거야. 차별당하는 사람의 심정이 어떤지 알아보고 싶다고 말했잖아. 그게 어떤 기분인지 너희도 이제 안다고 생각해?"

"분명히 알아요." 로이 윌슨이 말했다.

"어떤 기분이지?"

"끔찍한 기분이에요. 아무것도 할 수 없는 것처럼 느껴져요." 줄리 스미스가 말했다.

"사람이 치사해지는 것 같아요." 도나 레델은 얼굴을 찌푸렸다.

"더 이상 친구가 없는 것 같은 기분이 들어요." 벌라 불스가 깃을 만지작거리며 말했다.

"그 깃을 떼어버리고 싶니?" 엘리어트가 물었다.

"예." 아이들이 모두 대답했지만 감히 그럴 수 있으리라 기대하지 못한 채 미심쩍은 말투였다.

"떼어버려라."

엘리어트의 말이 떨어지자마자 아이들은 그 자리에서 깃을 떼었다. 엘리어트는 깃을 전부 모았다. "내가 오늘 너희에게 거짓말을 했어." 그녀가 말했다. "내가 푸른 눈이 갈색 눈보다 낫다고 말한 건 전혀 사실이 아니야. 갈색 눈의 사람도 푸른 눈의 사람과 똑같이 좋은 사람들이란다."

"예." 로이 윌슨의 표정이 한결 밝아졌다.

"정말로 그래." 엘리어트가 말했다. "그리고 내일은 푸른 눈의 사람들이 눈 색깔 때문에 차별당하는 게 어떤 심정인지 알게 될 거야."

"그러면 내일은 푸른 눈을 가진 아이들이 그 멍청한 깃을 달아야 한다는 뜻이에요?" 레넬이 여전히 의심스러운 목소리로 말했다.

엘리어트가 고개를 끄덕이자 레넬의 얼굴에 웃음이 번졌다. "그리고 푸른 눈의 아이들이 교실에 있는 동안 너희는 쉬는 시간을 5분 더 갖게 될 거야." 엘리어트가 덧붙였다.

도나 레넬이 기대감으로 입술을 핥았다. "우와!"

"이야, 우리가 그들에게 뭔가를 보여주는 거지!" 로이 윌슨이 환호하며 존 벤타인의 어깨에 팔을 둘렀다. 쉬는 시간의 싸움 이후 거의 말을 하지 않던 벤타인이 희미하게 웃더니 다시 우울하게 가라앉은 분위기로 돌아갔다. 다른 아이들은 신이 나서 몸을 꼼지락거렸다.

"내일이 기대되니?" 엘리어트가 물었다.

"예!" 아이들이 입을 모아 대답했다.

"푸른 눈의 아이들이 오늘 너희를 대한 것처럼 너희도 그들을 대할 거니?"

"예!"

"그 애들이 오늘 너희에게 어떻게 했지?"

"끔찍했어요." 여러 명이 대답했다.

"그러면 내일 너희도 그 아이들에게 그렇게 할 거야?"

이번엔 아이들의 대답이 약간 풀이 죽은 목소리였다.

"너희가 오늘 어떤 기분이었는지 기억하지?" 아이들이 고개를 끄덕였다.

"그리고 내일 푸른 눈을 가진 아이들이 똑같은 기분을 느끼기를 바라는 거지?"

"저기, 그냥 공정하게 하는 거잖아요." 도나 레델이 항의했다. "걔네들이 오늘 저희에게 치사하게 굴었어요. 내일은 우리 차례 예요."

"맞아요. 그들이 먼저 했어요." 샌드라 돌먼이 말했다.

"그러니까 내일 너희는 오늘 받은 걸 그대로 그들에게 돌려주겠다는 거구나. 그 뜻이지?"

"그러면 왜 안 돼요?" 레델이 물었다.

"아마 오늘 푸른 눈의 아이들이 한 것처럼 나쁘게는 안 하겠지만요." 줄리 스미스가 어깨를 으쓱했다.

"하지만 너희는 그게 어떤 기분인지 그들이 알게 하고 싶은 거잖아. 그렇지?"

아이들의 얼굴엔 갈등하는 모습이 역력했다. 아이들은 공평해지고 싶었고 복수하고 싶었다. 그러나 그런 마음이 뭔가가 잘못되었다는 걸 알았다.

"저기… 하지만 우리가 최소한 쉬는 시간 5분 더 갖는 거랑 그 비슷한 것을 가질 수는 없나요? 개네는 했잖아요." 로리 메이어가 애처롭게 말했다.

"물론, 너희는 오늘 푸른 눈의 아이들이 누린 모든 특권을 다 누릴 거야." 엘리어트가 말했다. "나는 다만 너희가 내일 개네를 어떻게 대할지 궁금할 뿐이야. 개들이 오늘 너희에게 못되게 굴었잖아. 너희도 그 애들에게 못되게 굴 건지 궁금해서 물어본 거야."

이날 줄리 스미스와 함께 단짝이었던 푸른 눈의 실라 섀퍼를 잃은 수잔 진더는, 자신들을 차별하면서 섀퍼가 즐거워하던 모습을 놓치지 않았다. 그녀는 보복할 작정이었다. '갈색 눈'이라고 불리는 것을 참지 못해 싸웠던 존 벤타인은 이날 하루가 끝난 것이 너무나 기쁜 나머지 다음 날의 일은 거의 생각도 하지 않는 것 같았다. 아마 자신을 방어하기 위해 그도 보복하고 싶을 것이었다.

"너희 중 몇 명이나 내일 푸른 눈의 아이들에게 힘든 시간을 주려고 생각하고 있니?" 엘리어트가 물었다. 몇몇 아이의 얼굴엔 주저하는 기색이 어렸지만, 대부분 손을 들었다.

"좋아, 내일 어떤 일이 일어날지 보는 게 흥미롭겠구나." 엘리어트가 말했다.

"그들은 좋아하지 않을 거예요." 벌라 불스가 심각한 표정으로 대꾸했다.

"그럴 거야. 당연히 그렇고말고." 엘리어트가 동의했다. 그런 다음 시계를 흘끗 보고서 푸른 눈의 아이들이 체육관에서 돌아오기까지 시간이 좀 더 남은 것을 확인한 뒤 아이들에게 물었다. "내가 푸른 눈의 사람들이 갈색 눈의 사람들보다 훨씬 낫다고 말할 때 너희는 내 말을 믿었어?"

다섯 명 중 네 명이 그렇다고 대답했다. 다른 아이들은 어깨를 으쓱했다.

"그 말이 사실일 거라고 생각한 거야?"

이번에는 거의 모든 아이가 고개를 끄덕였다.

"왜?"

"글쎄요." 로이 윌슨이 느릿느릿 대답했다. "선생님이 그렇게 말했잖아요."

"그렇지만 왜 내 말을 믿은 거지?"

침묵이 흘렀다.

"내가 너희에게 달은 녹색 치즈로 만들었다고 말하면, 그래도 나를 믿을래?"

"아뇨." 아이들은 고개를 가로저었다.

"그러면 왜 이번엔 믿은 거지?"

"처음에는 선생님을 믿어야 할지 몰랐어요. 하지만 좀 지나고 보니까 그 말이 맞는 것 같았어요." 도나 레델이 말했다.

"왜?"

"그게… 왜냐하면 저희는 오늘 뭐든 제대로 할 수가 없었으니까요." 샌드라 돌먼이 나섰다.

"그러니까 내가 너희에게 그 애들이 예전처럼 좋은 사람이 아니라고 말했을 때, 너희 스스로 더는 그 애들이 좋지 않게 느껴진 거로구나. 그 뜻이지?"

로이 윌슨이 고개를 끄덕였다. "저는 그저 오늘은 뭐든지 논리적으로 생각할 수가 없었어요."

"왜? 네가 갈색 눈을 가졌기 때문에?" 엘리어트가 물었다.

"아뇨." 윌슨이 단호하게 말했다.

"그렇다면 왜?"

"글쎄요. 저희는 이 깃을 두르고 있어야 했으니까, 그리고… 선생님이 온종일 저희를 괴롭혔잖아요." 레델이 딱 잘라 말했다. "그게 이유예요. 저는 벌라에게 선생님이 오늘 하루 종일 우리에게 치사하게 굴었다고 오늘 밤 엄마한테 이를 거라고 했어요. 그리고 내일은 학교에 오지 않을 거라고요."

"저도 그러려고 했어요." 벌라 불스가 말했다.

"지금 생각엔 내일 학교에 올 것 같니?"

엘리어트가 웃으면서 물었다.

"당연히 오죠!" 레델이 활짝 웃으며 말하자 모든 사람이 웃음을 터뜨렸다.

그날 하루 수업을 끝내러 푸른 눈의 아이들이 교실에 돌아오기 전에, 엘리어트는 갈색 눈의 아이들에게 그녀가 해준 말을 비밀로 해야 한다고 주의를 주었다. "무슨 말이 오갔는지 그 애들이 내일까지 알면 안 돼. 그러니까 너희는 모두 그 애들이 교실에 돌아왔을 때 계속 슬픈 듯 행동해야 해. 오늘 밤 버스에서도 그렇고 내일 아침 등교할 때 버스에서도. 그렇게 할 수 있겠지?"

여덟 명의 밝게 빛나는 얼굴이 불행하게 보이려고 필사적으로 애썼다.

"지금보다 훨씬 잘해야 할 거야." 엘리어트가 웃으면서 말했다.

제인 엘리어트는 1970년 ABC 뉴스 기자 빌 보텔(Bill Beutel)과 인터뷰하면서
자신의 독특한 차별 수업과 관련해 이렇게 말했다.
"저는 제 3학년 학생들이 마음속 깊은 곳에서 차별을 경험하며 배우길 바랐어요.
그래서 훗날 그들이 비슷한 상황에 처했을 때, 차별당하는 사람들이 어떤 마음이리라는 걸
깨닫고 (차별하는 입장에서) 물러설 수 있기를 바란 거죠."

도나 레델이 '열등한' 갈색 눈 그룹의 구성원임을
상징하는 깃을 목에 두르고 있다.

갈색 눈

행복한 푸른 눈의 아이들이 점심을 먹으러 먼저 가고 있다.
오른쪽 맨 앞부터 러셀 링, 태미 빌(Tammy Bill), 렉스 코작, 실라 섀퍼, 레이먼드 한센,
그레그 요한스, 브라이언 셸타우. 그 뒤로는 목에 깃을 두른 채 점심을 더 먹는 게 금지된
불행한 갈색 눈의 아이들이 줄을 섰다. 로리 메이어, 벌라 불스, 존 벤타인, 도나 레델,
줄리 스미스, 수잔 진더, 샌드라 돌먼(거의 보이지 않음), 로이 윌슨.

푸른 눈

쉬는 시간에 운동장에서 싸운 뒤 왜 그랬냐고 묻자 존 벤타인은 이렇게 대답했다.
"러셀이 제게 욕을 했어요. 그래서 제가 때렸어요. 그 애 배를 쳤어요."
러셀 링이 그에게 한 욕은 "갈색 눈!"이었다.

갈색 눈

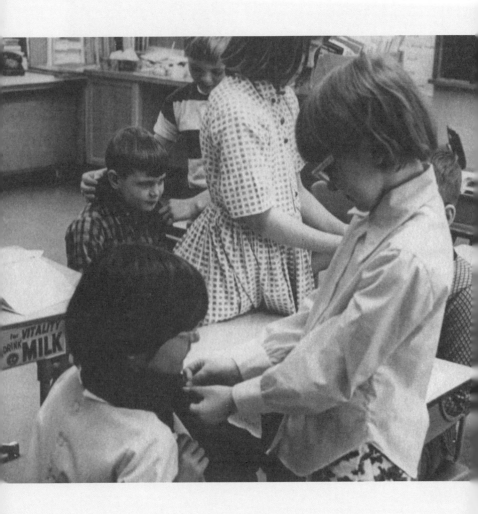

실험 둘째 날, 갈색 눈의 아이들이 '우월하다'고 선포하자
로리 메이어, 존 벤타인, 도나 레델이 푸른 눈의 태미 빌, 그레그 요한스,
그리고 러셀 링(일부만 보인다)의 목에 깃을 둘러주고 있다. 레델이 깔깔거리며 말했다.
"러셀에게 이걸 둘러주려고 온종일 기다렸어요!"

갈색 눈의 수잔 진더. 제인 엘리어트가 안경 가져오는 것을 잊어버린
푸른 눈의 아이에게 하는 말을 들으며 활짝 웃고 있다.
"수잔 진더는 갈색 눈을 가졌어. 절대 안경 가져오는 걸 잊어버리지 않지."

갈색 눈

첫째 날 가장 열성적으로 차별적 태도를 보였던 푸른 눈의 레이먼드 한센이
둘째 날 역할이 바뀌자 침울해졌다. 우월한 위치였을 때: "왕이 된 기분이었어요.
제가 갈색 눈의 아이들을 지배하는 것처럼 느껴졌고 그들보다 훨씬 나은 사람인 것 같았어요.
행복했어요." 열등한 위치였을 때: "우울했고 불행했어요. 아무것도 할 수 없는 것 같았고,
묶여 있는데 거기서 빠져 나올 수 없는 듯한 기분이었어요."

아이들 중에서 단 한 사람, 브라이언 샐타우(가운데)는 어느 한쪽 집단이 우월하다는
설명에 계속 반발했다. 샐타우가 '열등한' 날에 제인 엘리어트가 자신을 지목해
창피를 주자 그는 선생님이 다른 데를 쳐다보기를 기다렸다가
유창한 저주의 메시지를 입 모양으로만 중얼거렸다.

갈색 눈

101

3학년 교실은 ABC 뉴스 다큐멘터리 〈폭풍의 눈(The Eye of the Storm)〉 촬영을 위한
미니 스튜디오로 변신했다. 프로듀서인 윌리엄 피터스(뭔가를 읽고 있는 이)는
이후 제인 엘리어트의 차별 수업에 관한 책인 《푸른 눈, 갈색 눈》을 썼다.
오른쪽에 서 있는 촬영 스태프 중 두 명은 흑인이다.

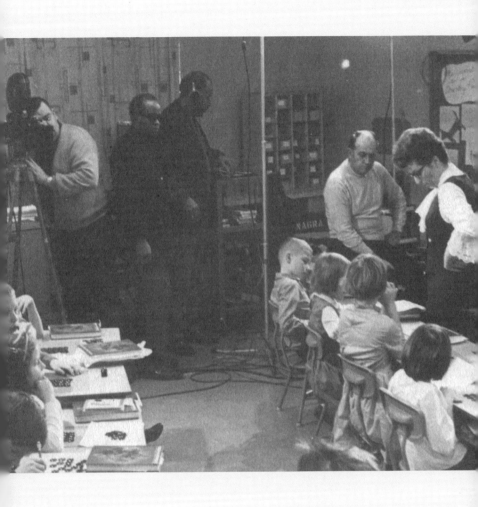

제인 엘리어트는 아이들에게 카메라맨의 움직임을 무시하라고 일렀다.
극히 일부의 예외를 제외하고 아이들은 그렇게 했다.

갈색 눈

카메라맨 빈스 게이토(Vince Gaito)가 쉬는 시간에 아이들에게
필름을 필름 롤 통에 어떻게 넣는지 보여주고 있다.

1970년에 제인 엘리어트의 3학년 학생이었던 16명 중 11명이 1984년 선생님과 함께하는 미니 동창회에 참석하러 라이스빌에 돌아왔다. 학교 마당에서 찍은 사진. 왼쪽부터 도나 레델, 로이 윌슨, 수잔 진더, 벌라 불스, 줄리 스미스, 샌드라 돌먼, 제인 엘리어트, 렉스 코작, 밀턴 월도프(Milton Wolthoff), 레이먼드 한센, 브라이언 샐타우, 실라 섀퍼.

갈색 눈

8

다음 날 아침, 아이들은 전날과 같은 표정으로 교실에 들어왔다. 푸른 눈의 아이들은 명랑하고 생기에 넘쳤으며 자신만만해 보였다. 반면 갈색 눈의 아이들은 무기력하고 침통해 보였다. 아주 가끔씩, 갈색 눈의 아이들이 다시 깃을 두르고 자리에 앉을 때 언뜻 보이는 시선이나 쿡 찌르는 동작에서 그들이 애써 억누르고 있는 흥분이 내비쳤다.

조회가 끝난 뒤 푸른 눈의 아이 한 명이 큰 소리로 말했다. "오늘 무슨 일이 벌어질지 저는 알아요. 선생님이 순서를 바꿀 거라고 형이 말해줬어요."

"오, 그랬니?" 엘리어트가 말했다.

"네, 형이 그러는데 선생님이……."

"잠깐만." 하고 엘리어트가 제지하자 소년이 말을 멈추었다. 엘리어트는 소년에게로 향한 시선을 거두고 아이들을 바라보았다. 도나 레델이 웃음을 감추기 위해 손으로 입을 막고 있었다.

"내가 어제 너희에게 갈색 눈을 가진 사람들이 푸른 눈을 가진 사람들처럼 좋지 않다고 말했는데, 그건 사실이 아니야. 내가 너희에게 거짓말을 했단다." 엘리어트가 말했다.

브라이언 샐나우가 머리를 가로저은 뒤 어깨를 크게 으쓱하더니 말했다. "아, 이런. 또 시작이네."

엘리어트는 그를 무시했다. "사실은 갈색 눈을 가진 사람이 푸른 눈을 가진 사람보다 훨씬 나아."

그러자 갈색 눈의 아이들 쪽에서 기쁨의 웃음이 터져 나왔다. 푸른 눈을 가진 아이들의 표정은 진지했다. 엘리어트는 교실을 빠르게 둘러본 뒤 러셀 링이 창백한 푸른 눈을 가늘게 뜨고 자신을 쳐다보고 있는 것을 눈치챘다.

"러셀, 안경은 어디 됐지?"

"집에 놓고 왔어요."

"집에 놓고 오다니. 네 눈은 무슨 색이지?"

그는 당황하면서 엘리어트를 바라보더니 마치 벌거벗고 수영하다가 들킨 소년처럼 주변을 둘러보았다. "푸른색요." 그가 마지못해 말했다. 그 순간 갈색 눈의 아이들이 "꺅!" 하고 환호성을 질렀다.

"로리 메이어는 갈색 눈이야. 그리고 안경을 집에 두고 오지 않아. 수잔 진더도 갈색 눈이야. 안경 가져오는 걸 절대 잊어버리지 않지."

진더는 책상 밖으로 몸을 내밀어 링을 바라보며 뽐내듯 웃었다. 링은 마주 보며 웃었으나 당황한 듯 곧 시선을 돌렸다. "러셀 링은 푸른 눈을 가졌고, 그의 안경은 어떻게 됐지?" 엘리어트가 계속했다.

"잊어버렸대요!" 갈색 눈의 아이들이 즐거운 듯 큰 소리로 대답했다.

진행되는 대화를 애써 무시하던 브라이언 샐타우가 책상에서 작은 모형 자동차를 집어들더니 바퀴를 보며 골똘히 연구하면서 장난감을 갖고 놀기 시작했다. 엘리어트는 그를 바라보았다.

"갈색 눈을 가진 사람들은 모두 우리가 무슨 말을 하는지 듣고 있어. 그런데 브라이언을 보렴." 엘리어트가 말하자 아이들이 의자에서 몸을 돌려 브라이언을 보았다. "푸른 눈을 가진 사람들은 남의 말을 잘 듣니?"

"아뇨!" 갈색 눈의 아이들이 대답했다.

지금 자신에 대해서 말하고 있다는 사실을 알면서도 이를 무시한 채 샐타우는 아무런 동요 없이 계속 차를 갖고 놀았다.

"브라이언, 그것 좀 내려놓을래?" 엘리어트가 말했다.

이번에도 샐타우는 엘리어트를 쳐다보지 않았지만, 차를 책상에 내려놓았다.

"고맙다." 엘리어트는 그레그 요한스 앞으로 한발 나아갔다.

"어제 일을 이야기해보자. 그레그가 이렇게 말했어. '야, 나는 내 여동생을 있는 힘껏 때리길 좋아해. 얼마나 재미있는데'." 요한스는 마치 갑자기 날아드는 주먹에 당황한 듯 흠칫하며 한 손을 얼굴에 갖다 댔다. "이 말을 들으면 푸른 눈의 사람들에 대해 무엇을 알 수 있지?" 엘리어트가 물었다.

"그들은 버릇이 없어요." 갈색 눈을 가진 한 소녀가 말했다.

"그들은 자주 싸워요." 다른 아이가 대답했다.

"푸른 눈의 사람들이 갈색 눈의 사람들만큼 교양이 있을까?"

"아뇨." 갈색 눈의 아이들이 대답했다.

"갈색 눈의 사람들은 이제 깃을 떼어도 된다." 엘리어트가 말했다. "그리고 그 깃을 푸른 눈의 사람들에게 둘러주렴."

엘리어트의 말이 끝나기도 전에, 도나 레델은 반짝반짝 일렁이는 눈빛과 환희에 찬 표정을 지으며 자신의 목에 두른 깃을 확 잡아떼더니 러셀 링의 책상 쪽으로 종종거리며 걸어갔다. 링의 목에 깃을 둘러주고 레델은 엘리어트를 올려다보았다. "이 깃을 러셀에게 둘러주려고 온종일 기다렸어요." 그녀는 깔깔거렸다. 링은 난감하다는 듯 얼굴을 붉혔다.

전날 갈색 눈의 아이들을 차별하는 아이디어를 잔뜩 냈던 레이먼드 한센은 뚱한 얼굴로 앉아 있었는데, 갈색 눈의 아이가 다가와 깃을 둘러주자 입꼬리가 처졌다. 갈색 눈을 가진 아이 중 존 벤타인은 푸른 눈을 가진 아이에게 깃을 둘러 낙인을 찍는 일에 가장 열의가 없어 보였다. 벤타인은 여전히 깃을 한 손에 들고 있었고, 브라이언 샐타우를 제외한 모든 푸른 눈의 아이가 깃을 두른 상태였다. 그러자 "갈색 눈"이라고 불린 것 때문에 싸웠던 소년은 마지못해 자리에서 일어나 전체 실험에 줄곧 저항하고 있는 소년의 책상을 향해 교실을 가로질러 갔다.

샐타우는 꼼짝 않고 앉아 있었고, 벤타인이 자신의 목에 깃을 둘러줄 때조차 미동도 하지 않았다. 벤타인이 제자리로 돌아가자 샐타우는 고개를 숙이더니 전날 내내 그랬던 것처럼 팔꿈치를 책상 위에 올리고 두 팔로 귀를 막았다.

엘리어트는 빠르게 그날의 규칙을 읊었다. "갈색 눈의 사람들은 쉬는 시간을 5분 더 갖는다. 너희 푸른 눈의 사람들은 언제가 되었든 운동장의 놀이 기구를 사용하면 안 돼. 푸른 눈의 사람들은 갈색 눈의 사람들이 초청하지 않는 한 그들과 같이 놀 수 없다." 찰랑거리는 짧은 생머리에 푸른 눈을 가진 소녀 태미 빌은 제한 규칙이 길어질수록 못마땅해서 입을 삐죽 내밀었다.

줄반장을 갈색 눈의 아이로 바꾸고 갈색 눈의 아이들이 교실 앞쪽으로 옮겨 앉을 때가 되자, 샐타우는 책상에서 고개를 들더니 앉은 채로 책상과 의자를 질질 끌어 바닥을 긁는 소리를 내며 뒤편의 새 자리로 옮겨갔다. 그러더니 다시 고개를 숙이고 엘리어트의 목소리가 들리지 않도록 팔로 귀를 막았다. 하지만 그가 여전히 엘리어트의 목소리를 듣고 있다는 게 곧 분명해졌다.

엘리어트가 말했다. "갈색 눈의 사람은 푸른 눈보다 훨씬 나은 사람들이다."

샐타우는 팔꿈치를 들더니 책상을 거세게 내리쳤다.

엘리어트가 말했다. "갈색 눈의 사람은 푸른 눈의 사람보다 깨끗해."

샐타우는 팔꿈치로 다시 한 번 책상을 내리쳤다.

엘리어트가 말했다. "갈색 눈의 사람은 푸른 눈을 가진 사람보다 교양이 있단다."

샐타우는 또 한 번 팔꿈치로 책상을 내리치는 소리로 엘리어트의 말에 마침표를 찍었다.

"그들은 푸른 눈의 사람보다 똑똑하단다. 이 말을 못 믿겠으면 브라이언을 보렴."

모든 아이가 바스락대며 몸을 돌려 샐타우를 바라보았다. 그는 여전히 고개를 숙인 채였다.

"푸른 눈의 사람들은 의자에 어떻게 앉아야 하는지 알기나 할까?" 엘리어트가 말했다. "매우 슬프구나. 정말, 매우 슬퍼."

샐타우는 그제야 고개를 들고 반항적으로 엘리어트를 노려보았다. 그녀가 시선을 거두어 다른 곳을 바라보자, 그가 입술을 움직여 감히 큰 소리로 뱉으면 안 되는 말을 입으로만 읊조리기 시작했다. 그의 표현이 모든 것을 말해주었다. 어떤 저주도 그보다 웅변적일 수는 없었을 것이다.

그날, 그레그 요한스는 자리에서 조용히 일어나 식수대 쪽으로 갔다. 식수대에 '갈색'이라고 적힌 표지가 붙어 있는 걸 보고 요한스는 박스에서 종이컵을 꺼내 물을 채웠다. 물을 마신 뒤 요한스가 휴지통에 컵을 버리고 미처 자리로 돌아가기도 전에 엘리어트가 그를 불러 세웠다.

"그레그, 그 컵으로 뭘했지?"

요한스가 엘리어트를 바라보았다.

"컵을 다시 주워서 거기에 네 이름을 쓰고 책상 위에 보관해두지 않을래?" 요한스가 자신의 지시대로 하는 동안 엘리어트는 계속 말했다. "푸른 눈을 가진 사람들은 낭비가 심해."

러셀 링에게 작은 사고가 생긴 것도 그날이었다. 오전 쉬는 시간이 끝나고 교실에 돌아온 링은 외투에서 파란색 깃을 뗀 뒤 개인용 로커에 옷을 거는 동안 핀을 입술로 물고 있었는데, 다른 소년이 그의 등을 때리자 그만 핀을 삼켜버렸다. 다치지는 않았지만 깜짝 놀란 링은 엘리어트에게 서둘러 달려갔다. "제가 핀을 삼켜버렸어요." 그가 엘리어트에게 말했다.

"정말이니, 러셀?" 그녀는 걱정스럽게 물었다.

"예." 링은 어떤 일이 벌어졌는지 설명했다.

아이들에게 공부하라고 시킨 뒤 엘리어트는 링을 양호실로 데려갔고, 그의 어머니를 불렀다. X-레이를 찍기 위해 간호사가 곧

링을 병원으로 데려간다는 걸 확인한 뒤, 엘리어트는 양호실을 떠나 교실로 돌아왔다. 이 실험의 중압감은 엘리어트의 감정에 이미 심각한 타격을 주었다. 그런 상태에서 발생한 이번 사고는 그녀가 견디기에 너무 힘에 겨웠다. 링을 걱정하면서 엘리어트는 자신이 하는 일에 전념할 수 있을지 의문이 들었다. 교실 문 앞에서 모든 일을 당장 취소하고 싶은 충동을 느꼈다. 그러나 이 수업을 중간에 그만둘 수는 없다는 것을 알았기 때문에 그녀는 어깨를 펴고 교실에 들어갔다.

"러셀이 핀을 삼켰단다." 그녀는 아이들에게 조용히 말했다. "그래서 병원에 데려갈 거야. 핀이 어디 있는지 찾기 위해 X-레이를 찍을 예정이란다. 괜찮을 거야. 러셀의 소식을 듣는 대로 너희에게 알려주마."

아이들은 그녀의 설명을 말없이 받아들였다. 엘리어트는 곧장 아이들에게 공부를 하게 했다. 존 벤타인에게 앞에 나와서 칠판에 단어의 축약형을 쓰게 하고 W를 어떻게 제대로 쓰는지 간단히 가르쳤다. 벤타인이 W를 제대로 쓰자 엘리어트가 말했다.

"참 잘 썼구나! 갈색 눈의 사람들은 빨리 배운단다. 그렇지 않니? 와, 정말이지 갈색 눈의 사람들은 빨리 배우는 걸!"

그날 갈색 눈을 가진 아이들은 정말로 빨리 배웠다. 전날, 스톱워치를 켜놓고 플래시카드 한 묶음을 재빨리 넘기며 단어 암기 테스트를 했을 때, 갈색 눈의 아이들이 카드에 적힌 다양한 발음의 조합을 맞추는 데 5분 30초가 걸렸다. 이날 같은 아이들에게 같은 카드로 테스트했을 때는 전날의 절반도 안 되는 시간이 걸렸다. 전날 푸른 눈의 아이들은 같은 카드로 테스트할 때 3분 만에 단어를 맞추었다. 이날 파란 깃을 두른 푸른 눈의 아이들은 4분 18초가 걸렸다.

실험을 진행한 이틀 동안 엘리어트는 모든 과정에서 일부러 '우월한' 집단을 도왔다. 카드를 빨리 넘기고 사소한 실수를 무시했다. '열등한' 집단과 함께할 때는 일부러 아주 정확한 답만 요구했고 아이들을 전혀 도와주지 않았다. 이렇게 그녀 자신이 만들어낸 고의적 편견을 감안하더라도, 여전히 엘리어트는 이틀 동안 각 집단의 학습 속도 사이에 실제로 차이가 있다고 확신했다.

"두 집단은 다른 어느 때보다 자신들이 '우월하다'고 간주됐을 때 플래시카드를 푸는 속도가 빨랐어요. 그리고 그 이틀간 그들에게서 분명히 확인할 수 있었던 것은 열등하다는 딱지가 붙은 아이들은 실제로 열등한 사람처럼 행동했고, 우월하다는 딱지가 붙은 아이들은 지속적으로 탁월하게 행동했다는 점이죠."

둘째 날, 갈색 눈의 아이들이 발음 카드 맞추기를 전날보다 빠르게 끝내자 엘리어트는 그들을 축하했다. "지금까지 이 카드 맞추기를 해본 어느 아이보다 너희가 빠르게 끝냈구나." 아이들이 흥분하고 기뻐하는 모습에 미소를 지으며 그녀가 말했다. "어제는 왜 그렇게 하지 못했지?"

"깃을 두르고 있었잖아요." 도나 레델이 말했다. 다른 아이들도 이에 동의했다.

"아, 네 생각엔 그 깃이 너희한테……."

로이 윌슨이 열띤 목소리로 끼어들었다.

"그 깃을 두르면 생각을 할 수가 없어요. 눈을 어디에 둬야 할지 집중할 수 없고 계속 산만해져요."

"아, 그래서 그 깃을 두르고 있으면 생각을 제대로 할 수가 없는 게로구나." 엘리어트가 말했다.

전날 카드 맞추기를 그렇게 잘했던 푸른 눈의 아이들이 이날 형편없는 성적을 거두자 레이먼드 한센이 목소리를 높였다. "저는 우리가 잘 못할 거라는 걸 알고 있었어요."

"무슨 일이 있었는데?" 엘리어트가 물었다.

"우리가 다 졌어요." 렉스 코작이 말했다.

"왜? 왜 그렇게 생각해?"

"이거요." 코작이 깃을 들어 올렸다.

"그게 왜?" 엘리어트가 물었다.

"이것 때문에 목이 가려워요."

"그래? 깃을 떼면 더 잘했을까?"

코작이 엘리어트를 바라보더니 고개를 가로저었다. "아뇨."

"그러면 깃 때문이 아니란 얘기야?"

"네."

"그럼 무엇 때문일까?"

"푸른 눈요." 한센이 대답했다.

"자, 우리는 깃을 떼어버릴 수 있어. 하지만 눈의 색깔은 바꿀 수 없단다. 그렇지 않니?" 엘리어트가 말했다.

"네, 못 바꿔요." 한센이 침울한 표정을 지었다.

"나는 오늘이 싫어." 엘리어트가 갑작스레 말했다.

"선생님도요? 저도 싫어요." 코작의 목소리엔 활기가 넘쳤다.

"내 눈도 푸른색이잖니." 엘리어트가 덧붙였다.

"거봐요. 저도 그래요." 코작이 푸른 눈을 동그랗게 떠 보였다.

"하나도 재미있지 않아. 전혀 재미없어. 즐겁지 않다고." 엘리어트가 힘주어 말했다. "여기 아주 더럽고 형편없는 말, '차별'이라는 말이 있단다. 어떤 사람들이 우리와 다르다고 해서 그 사람들을 특정한 방식으로 대하는 거지. 그게 공정한 일이야?"

"아뇨." 아이들이 일제히 대답했다.

"전혀 공정하지 않지. 오늘이 기분 좋은 날이 될 것 같지도 않아. 그렇지 않니?"

"네, 그렇지 않을 거예요."

"그래, 좋은 날이 아니야. 끔찍한 날이야."

그러나 이날은 전날만큼 불쾌하지는 않았다. 갈색 눈의 아이들은 전날 어떤 기분이었는지를 기억하기 때문인지 푸른 눈의 아이들이 그랬던 것과 같은 열성으로 그들을 차별하지는 않았다. 이날은 싸움이 없었다. 그러나 전날 우월하다는 대접을 받았던 푸른 눈의 아이들은 은총받은 지위에서 갑자기 추락하자 갈색 눈의 아이들이 그랬던 것과 같은 정도의 절망감과 긴장과 분노로 반응했다. 나중에 레이먼드 한센은 그때의 기분을 간결하게 표현했다. 첫날에 대해서는 이렇게 말했다. "왕이 된 것 같았어요. 제가 갈색 눈을 가진 사람들을 지배하는 것처럼 느껴졌어요. 그들보다 훨씬 나은 사람인 것 같았어요. 행복했어요." 그러나 둘째 날에는 다른 감정이었다고 했다. "우울했고 불행했어요. 아무것도 할 수 없는 것 같았고, 묶여 있는데 거기서 빠져 나올 수 없는 것 같은 기분이었어요."

실험하는 이틀 동안 엘리어트는 아이들에게 그녀 자신을 그리게 했다. '우월한' 그룹은 예외 없이 엘리어트의 행복하고 미소 짓는 얼굴을 그린 반면, '열등한' 그룹은 그녀가 이마를 찌푸리고 꾸짖는 모습을 그렸다. 아이들은 자신의 모습도 그렸는데, 이틀 사이 그들이 느낀 심경의 변화가 더욱 극명하게 그림에 묘사돼 있었다. 로이 윌슨이 '열등했던' 날에 그린 자기 모습은 그가 '우월했던' 날에 그린 자화상의 절반 크기였다. 머리카락이 없고, 입꼬리는 처져 있고, 옷에 아무런 세부 묘사를 그려 넣지 않은 그의 첫날 그림은 암울한 상황에 대한 그의 혼란스러운 심정을 충분히 증언하고 있었다. 이와 대조적으로 둘째 날 그의 그림에서는 크게 잘 그린 인물이 행복한 미소를 띤 채 체크무늬 셔츠를 입고, 들창코에 짧은 금발 머리를 하고 있었다.

도나 레델이 우월하다는 대접을 받았던 날, 그녀의 그림에는 행복한 미소와 함께 속눈썹과 눈썹이 등장했다. 전날 그림에는 없던 묘사였다. 로리 메이어가 '열등했던' 날 그린 그림 속에서 그녀는 갈색 눈에 눈물이 주르륵 흐르고 주먹을 꼭 쥐고 있는 모양새였다.

밀턴 월도프는 이틀 모두 거의 주목을 끌지 않던 조용하고 푸른 눈을 가진 아이였는데, 자신에 대해 가장 놀라운 차이를 보여주는 그림을 그렸다. '우월했던' 날 그의 그림은 도화지 전체가 밝은 노란색으로 가득 찼고, 행복한 듯 미소 띤 얼굴 위로 천사처럼 생긴 캐릭터가 활짝 웃으며 '행복한 날들'이라고 적힌 사인을 흔들면서 머리 위쪽에서 춤을 추었다. 여러 색의 풍선과 테이프가 천사를 둘러쌌다. 반면 '열등했던' 날에 월도프는 검은색으로 가득 채운 도화지의 맨 밑바닥에 자신을 그려 넣었는데, 악마의 차림새를 한 작고 비참한 모습이었으며 머리 위에는 뿔과 쇠스랑이 있었다.

열등했던 날에 러셀 링을 때린 존 벤타인의 그림에서는 그가 파란색 깃으로 막대에 묶여 있고 손에는 명백하게 엘리어트를 겨냥한 것으로 보이는 표지를 들었다. 거기엔 '못된 사람'이라고 적혀 있었다. 다음 날 이 표지에는 단순하게 이렇게 쓰여 있었다. "행복하다." 레이먼드 한센은 왕이 된 기분이었다고 한 첫날, 자기가 웃는 모습을 분홍색으로 그렸다. 둘째 날, 그는 자신을 흑인으로 그렸다.

둘째 날이 끝나갈 무렵, 엘리어트는 교무실에서 호출을 받았다. 교실에 돌아온 뒤 엘리어트는 아이들에게 러셀 링이 병원에 있고, 의사가 핀을 찾았으며, 링은 무사하지만 병원에 하루 이틀 더 있어야 한다고 들려주었다. 그런 다음 그녀는 아이들에게 교실 앞쪽으로 모이라고 말했다. 아이들은 그녀가 앉은 낮은 의자 주변으로 모여들어 바닥에 앉거나 앞줄 책상 위에 앉았다.

"파란 깃을 두른 사람들은 오늘 무엇을 느꼈니?" 아이들이 모두 조용해지자 엘리어트가 물었다.

"다른 친구들이 어제 기분이 어땠을까 알게 되었어요." 한센이 말했다.

"저도 그랬어요." 요한스가 공감한다는 듯 말했다.

"다른 친구들은 어제 어떻게 느꼈을까?" 엘리어트가 물었다.

"사슬에 묶인 개처럼요." 요한스가 대답했다.

"감옥 안에 묶여 있는데 사람들이 열쇠를 갖다 버린 것처럼요." 한센이 말했다.

"다른 사람의 눈 색깔이 너희가 그 사람을 대하는 방식과 관련이 있어야 한다고 생각하니?" 엘리어트가 물었다.

아이들이 한목소리로 답했다. "아니요."

"좋아, 그럼 피부색은 상관이 있니?"이번에는 "아니요" 하는 목소리가 더 커졌다.

"우리는 사람을 피부색으로 판단해야 할까?"

"아니요!"

"오늘은 그렇게 이야기하지." 엘리어트가 말했다. "그리고 이번 주에도, 그리고 아마 이 교실 안에선 늘 그렇게 말할 거야. '아니요-오, 엘리어트 선생님' 이라고 말하겠지." 그녀는 놀리는 듯 단조로운 목소리로 읊조렸다.

"내가 질문할 때마다 말이야. 그러고는 너희가 길을 걸어가다가 흑인이나 인디언 혹은 너희와 아주 다른 사람을 마주치게 되면 '하하, 저 바보같이 생긴 것 좀 봐' 할 거지?"

아이들이 거의 분개한 듯 소리쳤다. "아니요!" 그리고 레이먼드 한센과 도나 레델의 선창으로 아이들은 엘리어트가 조금 전에 말했던 억양을 흉내 내며 놀리는 듯 다정하게 "아니요-오, 엘리어트 선생님!"을 외쳤다.

엘리어트는 웃음을 터뜨렸고 다시 진지한 얼굴로 말했다.

"피부색이 검거나 흰 것이 뭔가 차이를 만들어내니?"

"아니요."

"노란색은? 아니면 붉은색은?"

"아니요."

"너희가 사람이 좋고 나쁘고를 판단하는 데 피부색이 기준이 될까?"

"아니요."

"피부색이 사람을 좋거나 나쁜 사람으로 만드니?"

"아니요."

"자, 모두들 그 깃을 떼어라."

그레그 요한스가 핀을 더듬어 찾으며 말했다. "할 수만 있다면 이걸 확 잡아뜯고 싶어요."

모든 아이가 깃을 뗐지만 브라이언 샐타우는 예외였다. 아이들이 깃을 엘리어트에게 건네줄 때에도 샐타우는 다른 사람들을 무시하고 그냥 책상 위에 앉아 있었다.

"이 깃들을 어떻게 할까?" 엘리어트가 물었다.

"태워버려요!" 한센이 말했다.

"버려요!" 요한스가 소리쳤다.

"그러자!" 엘리어트가 그의 말을 맞받아 소리쳤다.

아이들이 쓰레기통을 향해 달려가느라 한바탕 소동이 일었는데, 흥분해서 재잘거리는 소음 속에서 한 소년이 충고하는 목소리가 들렸다. "러셀처럼 핀은 먹지 마!" 순간 엘리어트는 움찔했다.

다른 모든 푸른 눈의 아이들이 깃을 떼어버렸는데도, 브라이언 샐타우는 여전히 깃을 두른 채 책상 위에 앉아 있었다. "브라이언, 너는 그 깃을 떼지 않을 거야?" 엘리어트가 물었다.

그가 고개를 끄덕였다.

"왜?"

"전 이게 좋아요." 샐타우가 실쭉 웃으며 말했다.

"너는 그게 좋구나." 엘리어트가 샐타우의 말을 반복했다. 샐타우는 고개를 끄덕였다.

"다른 모든 사람이 깃을 떼어버렸는데 너는 계속 두르고 있으려는 게로구나."

샐타우는 또다시 고개를 끄덕였다.

"왜지?"

"그냥 이게 좋아요. 그게 다예요."

"좋아. 계속 두르고 있거라." 엘리어트가 말했다.

그러자 샐타우는 깃을 떼어내 단정하게 접었다.

"그거 버리고 싶지 않니?" 엘리어트가 물었다.

"아뇨."

"왜?"

"이거 가질래요. 집에 가져갈 거예요."

"집에서 그걸 갖고 뭘 하려고?"

"저희 집 개한테 달아줄 거예요."

"그걸 개한테 달아준다고?"

"네, 달아서 꼬리를 만들어줄 거예요. 꼬리가 정말 짧거든요." 샐타우가 말했다.

"내 생각엔 네가 그 깃을 버리는 게 좋겠구나, 브라이언." 엘리어트는 잠시 말을 멈추더니 이번엔 단호하게 말했다. "다른 사람들도 모두 그렇게 했단다. 내 생각엔 너도 그러는 게 좋겠어."

샐타우는 그녀에게 더 길게 저항할 수 있을지 가늠하기라도 하는 양 엘리어트를 바라보았다. 그러더니 책상을 미끄러져 내려와서 쓰레기통이 있는 쪽으로 걸어갔다. 다른 아이들은 재결합을 기뻐하며 서로에게 가까이 나가가려고 기를 썼다. 남자아이들은 서로 팔을 두르고, 여자아이들은 안도감으로 서로를 끌어안았다. 그러는 동안 샐타우는 맹렬하게 깃을 찢기 시작하더니 누더기가 될 때까지 물어뜯고 잡아 찢었다. 마침내 그는 다시 그룹 쪽으로 돌아왔는데, 모든 아이가 바닥에 앉아 있다는 사실을 무시한 채 다시 책상 위로 올라가 앉았다. 다른 아이들과 함께 있되 여전히 그들 중 일부가 아닌 채였다.

"자, 이제 이번 주가 시작될 때 너희가 알던 것보다 조금은 더 알게 된 게 있겠지?" 엘리어트가 말했다.

"네." 아이들이 대답했다.

"아주 많이요." 한센이 덧붙였다.

"너희가 원하던 것보다 조금 더 알게 됐니?"

열띤 분위기가 식을 줄 몰랐고, 아이들은 한목소리로 놀리듯 읊조렸다. "예-에, 엘리어트 선생님!"

"배우기에 쉬운 방식은 아니었어. 그렇지 않니?"

"예-에, 엘리어트 선생님!"

엘리어트는 짐짓 화난 척하며 아이들에게 소리쳤다.

"이런, 그만두지 못해!"

아이들이 모두 웃음을 터뜨렸다. 남자아이들은 달아나듯 몸을 뒤로 굴렸고, 여자아이들은 눈에 눈물이 맺힌 채 서로 꼭 부여잡았다. 아이들이 진정하기까지는 몇 분이 걸렸다.

"자, 이제 갈색 눈과 푸른 눈, 모두 여기 같이 앉아보자. 눈 색깔이 어떤 차이를 만들어내니?" 엘리어트가 물었다.

"아뇨!" 아이들은 다시 웃으며 소리쳤다.

"좋아, 이제 다시 서로 친구로 돌아온 거야?"

"예!" 아이들은 목청껏 소리를 질렀다. 소년들은 미식축구 경기장 응원석에 줄 지어 앉은 학생들처럼 서로 팔을 두르고 앞뒤로 몸을 흔들었다.

"그렇게 하면 기분이 좋아?"

"예!"

단짝 친구였던 실라 섀퍼와 수잔 진더, 줄리 스미스는 서로 가까이 앉아 있었는데, 가운데 앉은 섀퍼의 얼굴에는 안도와 기쁨의 눈물이 주르르 흘렀고 다른 아이들이 섀퍼를 위로했다.

"무슨 일이니, 실라?" 엘리어트가 물었다. 실라 섀퍼는 웃다가 울다가 하면서 눈물을 닦았다.

"실라가 울고 있어요." 그렇게 말하는 스미스도 울음을 터뜨리기 직전이었다.

"이제 좀 괜찮아?" 섀퍼가 간신히 고개를 끄덕였다. "끔찍한 상황이야. 그렇지?" 엘리어트가 물었다. 섀퍼는 코를 훌쩍거리며 다시 고개를 끄덕였다. 다른 소녀들이 그녀를 껴안았다.

"이제 다시 집에 돌아온 것 같을 거야. 그렇지, 애들아?"

엘리어트가 아이들을 바라보고 웃으면서 물었다.

이번에는 소녀 셋이 모두 코를 훌쩍거리면서 고개를 끄덕였다.

"좋아, 우리 노래 부를까?" 엘리어트가 말했다.

"〈포포나무 밭(Paw-Paw Patch)〉요!" 누군가가 소리쳤다.

"좋아." 엘리어트가 노래를 부르기 시작했다. "어디, 오 귀여운 작은 실라는 어디에 있을까(where, oh where, oh where is sweet little Sheila)?"

아이들도 노래를 따라 불렀다. "어디, 오, 귀여운 작은 실라는 어디에 있을까?" 아이들이 웃으며 실라 섀퍼를 가리키자 섀퍼는 웃다 울다 하면서 눈물을 닦았다.

"저기 멀리 포포나무 밭에 있지(Way down yonder in the paw-paw patch)!" 아이들은 큰 소리로 노래했다.

"자, 해볼까? 모두 짝을 짓자!" 엘리어트가 소리치면서 일어났다.

아이들은 서둘러 일어나 짝을 찾아서 우왕좌왕했다. "선생님, 꼭 여자애들과 짝을 해야 해요?" 로이 윌슨이 애원하듯 물었다.

● "Where, oh where, oh where is~?"에 아이들의 이름을 넣어 부르는 가사

엘리어트가 크게 웃었다. "아냐, 로이. 그럴 필요 없단다."

남자아이들은 환성을 지르며 자기들끼리 짝을 지었다. 여자아이들은 서로 껴안고 폴짝폴짝 뛰었다. 금세 두 줄이 만들어졌는데, 러셀 링이 없는 탓에 한 소년이 모자랐다. 혼자 남은 소년은 물론 브라이언 샐타우였다.

"이리 오렴, 브라이언." 엘리어트가 웃으며 말했다.

"아, 정말, 선생님은 저만 괴롭히는 거 같아요." 샐타우는 얼굴을 찡그렸다가 활짝 웃더니 엘리어트의 손을 잡았다. 학교가 끝나는 종이 울릴 때까지 그들은 계속 노래를 부르며 춤을 추었다.

9

1970년 2월, 이틀간의 실험이 끝난 후 제인 엘리어트는 몇 주 사이에 학생들의 성적이 눈에 띄게 향상된 사실을 발견하고 크게 놀랐다. "특히 아이들 중 네 명, 그러니까 렉스 코작, 실라 섀퍼, 줄리 스미스, 그리고 그레그 요한스는 그야말로 성적이 날아올랐어요. 이런 경우는 지금껏 본 적이 없어요. 그들은 그냥 불이 붙었어요. 4월에 스탠퍼드 학업 성취도 검사*를 했는데, 기계로 채점하는 결과를 기다릴 수 없어서 제가 직접 점수를 매겨봤어요. 제가 관찰한 게 맞는지 보려고요. 제 관찰이 맞았어요. 예를 들면, 렉스 코작은 읽기 능력에서 2년을 앞서 갔고 다른 모든 부문에선 4, 5년을 앞섰어요. 불과 1년 만에 말이죠."

* Stanford Achievement Test. 흔히 'SAT10'이라 불리는 시험으로, 미국 유치원에서 고등학교까지 학생들의 학업 성취도를 측정하는 데 쓰인다.

실라 새퍼도 읽기 능력에서 만 2년을 앞섰다. 어느 날 쉬는 시간에 새퍼와 함께 걸어 나가면서 엘리어트는 그녀가 얼마나 잘하고 있는지 말해주었다. "네 성적이 거의 계속 오르고 또 오르더구나. '차별의 날' 실험 이후 말이야. 무슨 일이 있었던 거야?" 엘리어트가 물었다.

새퍼는 행복하게 미소 지었다. "선생님이 저한테 훌륭하다고 한 것만큼 제가 훌륭하다는 것을 알았어요. 제가 뭐든 할 수 있다고 하셨잖아요. 그리고 저는 그렇게 할 수 있어요. 저는 똑똑해요!"

엘리어트는 '차별의 날'과 학업 성취도의 관련성을 설명할 때 조금 당황한 듯 보였다. 새 학기가 시작될 때부터 새퍼와 다른 모든 아이에게 그들이 얼마나 능력 있는지 줄곧 말해왔는데, 별 영향이 없다가 '차별의 날' 수업 이후 아이들의 성적이 솟아오르기 시작했기 때문이다. 엘리어트는 첫날 그리고 다음 날 아이들이 한 일 사이의 뚜렷한 대조가 아마 학습 능력의 급상승과 관련이 있을 거라고 짐작했다. 하지만 확실하지 않았다. 엘리어트는 아이들이 그런 고문 같은 과정을 겪지 않고도 이런 결과를 낼 수 있는 방법을 누군가가 알려주었으면 좋겠다고 생각했다.

이전의 실험에서 그랬듯, 이번에도 엘리어트의 학생들은 자신들이 실험에서 배운 교훈을 계속 떠올렸고 다른 상황에 적용해보고 아주 약간이라도 차별의 기미가 보이는 모든 일에 예민하리만큼 관심을 보였다. 엘리어트가 말했다. "제가 생각하기엔 이 실험이 아이들에게 뭔가 준 게 있다면, 아이들의 세계를 넓혀주었다는 점이죠. 아이들로 하여금 그들 자신 이상의 것을 보게 만들었어요. 아이들이 다른 사람과 스스로를 관련짓도록 도왔죠. 또 그들로 하여금 다른 사람들의 말을 액면 그대로 받아들이지 않도록 가르쳤어요. 아이들은 이전에 한 번도 생각해본 적이 없는 방식으로, 일종의 건강한 회의주의를 갖고 모든 일을 생각하게 되었지요. 그리고 저는 이것이 아이들 자신에 대해서도 다르게 느끼도록 했다고 생각해요. 그랬을 거예요. 왜냐하면 아이들의 행동은 물론 학업 성적, 대인 관계도 달라졌으니까요."

일단 실험이 시작됐을 때, 아이들은 흡인력이 강한 새로운 경험이 가져다준 강렬하고 모순된 감정에 사로잡혀 TV 촬영 팀의 존재를 거의 잊어버렸다. 실험이 끝나자, 아이들은 눈에 띄게 초조해하며 다큐멘터리 방송을 기다렸다. 이 내용은 마침내 5월 11일, 〈폭풍의 눈〉이라는 제목으로 ABC 방송을 통해 전파를 탔다. 라이스빌 주민 대부분이 이 방송을 보았다.

라이스빌의 몇몇 사람은 방송 초반에 몇 분간 나온 해설에서 이 마을을 '상대적으로 가난하다'고 묘사한 것 때문에 불쾌해했다. 그러나 엘리어트의 반 아이들은 TV에 나온 자기 모습을 보고 거의 넋이 나간 상태였다. 다음 날 수업에서 이 방송에 관해 글을 쓰면서 아이들 대부분은 자신들의 부모와 친척들이 얼마나 감동받았는지 이야기했다. "우리 엄마는 거의 울 뻔했다"가 가장 자주 등장한 문구였다. 몇몇 아이는 자신의 모습을 보고 놀라워했다. "나는 둘째 날, 내가 그렇게 불행해 보인 줄 몰랐다." 레이먼드 한센은 이렇게 썼다. 방송을 보면서 아이들은 '차별의 날'에 겪은 일들을 고스란히 다시 한 번 겪었고, 이는 석 달 전 그들이 이틀간의 실험에서 느낀 많은 감정을 다시 떠올리게 했다.

엘리어트의 차별적인 말과 태도에 반항했던 브라이언 셀타우는 당연히 프로그램의 스타였다. 그 뒤 몇 주 동안 그는 긍지에 가득 찼고 스스로 자랑스러워했다. 렉스 코작은 스쿨버스 안에서 아이들이 자기를 '영화 스타'라고 부른 일을 학급 아이들에게 들려주었다. 엘리어트가 그 일이 신경 쓰이느냐고 묻자, 그는 활짝 웃으며 "재미있었어요" 하고 말했다.

방송 이후 학교로 편지가 홍수처럼 밀려왔다. 엘리어트는 교실에 미국 지도를 걸어놓고 각각의 편지가 어디에서 왔는지 핀으로 꽂아 표시해두었다. 학기가 끝날 즈음, 모두 44개 주에서 편지가 와 있었다. 엘리어트는 악질적인 인종차별주의자의 편지를 제외하고 거의 다 아이들에게 읽어주었다. 95퍼센트 이상의 편지가 호의적인 내용이었다. 그러나 엘리어트는 모든 사람이 이 수업, 심지어 아이들이 배운 것에 전부 동의하지는 않는다는 사실을 아이들도 알아야 한다고 느꼈다.

사실 방송 다음 날 아침, 남부 어느 마을에 사는 남자가 학교에 전화를 걸어서 엘리어트에게 이런 메시지를 남겼다. "나는 어젯밤 너의 말도 안 되는 쇼를 TV에서 봤다. 말도 안 되는 쓰레기, 쓰레기! 사기꾼, 사기꾼, 사기꾼!"

엘리어트는 아이들에게 이 이야기를 들려주고 그가 무엇을 말하고 싶어 했는지를 주제로 토론했다. 결국 그녀와 아이들은 그 남자가 이 실험이 조작됐고, 아이들은 계속 이것이 일종의 게임이라는 사실을 알면서 자신이 배정받은 역할을 연기했을 뿐이고, 실제로는 모든 일이 진짜인 것처럼 보였을 뿐인 연극이라고 생각하는 게 틀림없다는 결론을 내렸다. 물론 그가 이 실험의 교훈을 인정하지 않는다는 것도 명백했다. 그러나 이 생각, 즉 아이들은 엘리어트나 TV 카메라를 위해 연기했을 뿐이고, 이 수업이 실험이라는 설명을 이미 들었기 때문에 실제로 그렇게 빨리 열등감이나 우월감을 느끼진 않았을 거라는 불신이 엘리어트가 받은 많은 편지에서도 역력했다. 편지를 읽으며 엘리어트는 아이들이 이 인위적인 상황을 순식간에 믿어버리는 모습을 처음 봤을 때 그녀 자신도 이 사실을 받아들이기가 얼마나 어려웠는지를 떠올렸다.

엘리어트는 이처럼 아이들이 주어진 역할을 받아들여 실제 현실처럼 믿어버리는 이유에 대한 명확한 답은 갖고 있지 않았다. 그러한 상황을 믿기 어렵다고 말하는 사람들을 비난하지도 않았다. 그러나 엘리어트가 이 실험을 할 때마다 그런 일이 일어났다. 엘리어트는 그게 뭔가를 증명해준다면 그것은 인간, 특히 아이들이 권위의 목소리에 얼마나 민감한지를 보여준다고 생각했다.

"하지만 더 치명적인 것은 이 실험이 또한 차별의 결과가 어떻게 편견을 만들어내고 그것을 확정짓는 경향이 있는지를 보여준다는 점입니다. 사실 실험의 등식은 아주 간단해요. 집단을 선택하고 그들을 차별합니다. 그들이 열등하게 보이고 열등하게 행동하도록 몰고 갑니다. 그런 다음 그들이 보이고 행동하는 방식을 열등함의 증거라고 지적합니다. 굽실거리도록 강요당해온 사람은 외부인 눈에는 굽실거리고 싶은 사람으로 보일 거예요. 결국, 그는 심지어 자기 자신에게도 그렇게 보이게 됩니다. 제대로 된 교육을 받을 기회를 얻지 못한 아이는 교육을 덜 받은 성인으로 자라게 됩니다. 그 아이가 교육의 기회를 제공받지 못했다는 사실을 보지 않는, 혹은 그것을 인정하기를 거부하는 이들의 눈에는 그 사람이 단지 멍청하게만 보이겠죠."

엘리어트는 자신이 한 집단 또는 다른 집단이 열등하다고 말할 때 아이들이 왜 그 말을 믿는지, 이 실험을 함께한 각각의 반 아이들에게 물어보았다. 대답은 늘 똑같았다. 아이들은 처음엔 반신반의하면서 엘리어트의 말을 믿는다. 엘리어트가 교사기 때문이다. 그 후 아이들은 한 집단 또는 다른 집단이 열등하다는 걸 스스로 봤기 때문에 엘리어트의 말을 믿는다. 물론 아이들은 실험 이전에도 그런 현상을 보아왔다.

"현실이 그렇지요. '열등한' 집단은 열등한 일을 하지 않던가요? 그들은 끊임없이 지적당해오지 않았나요? 그래서 그들은 못마땅해 보이고, 부주의하고, 불행한 사람처럼 되어버리지 않았나요? 이건 우리가 고용에서 흑인을 차별하면서 그들이 마루를 닦는 일 말고는 할 줄 아는 게 없다고 혹평할 때처럼, 정확히 우리 모두가 해온 짓이 아닌가요?"

엘리어트가 읽어준 인종차별주의자들의 편지에 아이들은 건강하고 현명하게 반응했다. "아이들은 이렇게 결정했어요. 아마도 제 생각엔 마지못해 내린 결론일 텐데, 아이들이 지금 아는 사실조차 알지 못하는 성인이 세상엔 있다는 것이었죠." 엘리어트가 덧붙였다. "이 결론은 아이들에게 차별 수업에서 얻은 교훈이 얼마나 중요한지 더 절감하게 해주었다고 생각해요. 그리고 이것이 그들로 하여금 자기 스스로 생각해야 한다는 결심을 더 강하게 해주었기를 바랍니다."

차별 수업이 방송을 탄 뒤, 제인 엘리어트의 삶도 조금 달라졌다. 이어지는 몇 달간 그녀는 여러 개의 TV 프로그램에 출연해 자신이 무엇을 했고 왜 했는지를 반복해서 설명했다. 전문가들이나 교육 관련 모임의 초청을 받아 강연도 했다. 1970년 가을에는 아동·청소년 백악관 회의(White House Conference on Children and Youth)˙의 패널로 선정되었다. 그녀가 수업 시간에 한 말들이 교실

● 미국 대통령이 직접 주재하는 회의로 아동·청소년 정책을 결정하는 각 부처 관계자와 현장 활동가, 민간 전문가뿐 아니라 아동·청소년도 참여한다. 회의 결과에 따라 향후 아동·청소년 관련 제도와 법령, 정책의 윤곽이 결정된다.

밖으로 퍼져나갔다.

라이스빌에서는 TV 프로그램과 엘리어트의 실험에 대체로 호의적인 반응을 보였다. 물론 비판하는 사람도 있었다. 흑인에 노골적으로 강한 적대감을 보이는 사람들은 엘리어트가 학생들에게 흑인이 백인과 동등하다고 가르치면 안 된다고 불평했다. 다른 사람들은, 아마 그들의 작은 마을에서 함께 자란 사람의 갑작스러운 유명세가 눈에 거슬려서 보인 반응이었을 텐데, 엘리어트가 거만해졌다고 투덜댔다. 그런 반응은 예상 가능한 것이었다.

그러나 교육자와 심리학자들에게는 칭찬 말고는 다른 반응이 없었다. 이 범주에서 엘리어트에게 가장 가혹한 비판자는 자기 자신이었다. "이 실험을 할 때마다 제가 하는 게 맞는지 늘 의문이었어요. 매번 저는 아이들을 다치게 할지도 모른다는 점 때문에 걱정스러웠어요. 그리고 늘 누군가가 제게 다른 방법, 더 나은 방법, 아이들에게 차별이 나쁘다고 가르칠 수 있는 덜 고통스러운 방법을 보여주기를 바랐지요. 물론 제가 바란 것은 아이들이 이 수업에서 그들이 배운 것 중 최소한 무언가라도 계속 간직하기를, 그래서 나중에 그들이 수업 시간에 겪은 것과 비슷한 느낌이 드는 상황에 직면했을 때 의식적이든 무의식적이든 다른 사람이 어떻게 느낄지 알아차리고 (차별하게 될지도 모를 상황에서) 물러서는 것입니다."

그러나 그보다 더 엘리어트가 바란 것은 아이들이 고통스럽게 얻은 지식, 즉 인종이나 피부색, 종교 또는 사람들 사이의 어떤 임의적인 차이에 근거한 차별이란 터무니없으며 비합리적이라는 사실, 그리고 만약 아이들이 이 문제를 열심히 생각하지 않으면 이런 말도 안 되는 편견을 외부에서 강요받을 수도 있다는 점을 오래 기억하는 것이었다. 엘리어트는 단지 누군가가 무엇을 사실이라고 말했다고 해서, 단지 사회가 어떤 사실을 이미 확립된 것인 양 취급한다고 해서, 그것 자체가 사실을 만들 수는 없다는 점을 아이들이 지금 그리고 앞으로도 계속 알기를 바랐다. 엘리어트는 아이들이 생각하고, 사리를 따져보고, 질문하기를 원했다. 아이들이 앞으로 그렇게 할 수 있도록 하는 최소한의 출발점을 자신이 아이들에게 준 것이었기를 바랐다.

"이 한 번의 실험이 세계를, 아니 최소한 라이스빌이라도 바꿀 수 있다고 생각할 만큼 저는 순진하지 않아요. 그러나 우리가 인종차별주의의 비합리성에서 자유로운 사회에서 살기를 바란다면 어디에선가 시작해야 합니다. 저는 교사예요. 아이들을 가르칩니다. 단지 이것이 제가 출발한 지점이었어요."

3부

10

눈

1971년 처음 출간한 책은 이렇게 끝났다. 여기
부터는 새로운 내용이다. 부분적으로, 첫 번째 책에서 제기한 몇몇 질
문, 답하지 못한 채 남겨둔 질문에 대답하려는 시도에서 이 내용을 덧
붙였다. 그렇지만 기본적으로는 1970년 눈 색깔로 나뉜 3학년 아이들,
그리고 그렇게 나눈 선생님의 이야기가 계속되는 것이다. 〈폭풍의 눈〉
의 제작자, 연출자, 작가이자 《푸른 눈, 갈색 눈》의 저자로서, 나는 이
덧붙인 내용에 어쩔 수 없이 등장하게 되었다.

- 윌리엄 피터스

1970년 5월 〈폭풍의 눈〉 방송은 제인 엘리어트의 차별 수업을
수백만 명의 미국인에게 알린 최초의 뉴스였다. 방송 평론가들은
엘리어트와 다큐멘터리 둘 다를 높게 평가했고, ABC 방송은 1년

간 이 다큐멘터리를 세 번 재방송했다. 그 후 이 프로그램은 권위 있는 조지 포스터 피바디(George Foster Peabody) 상*을 포함해 여러 개의 상을 탔다.

첫 번째 방송부터 이 다큐멘터리는 자기 나름의 생명을 갖기라 도 한 양 누가 일부러 애쓰지 않아도 퍼져 나가기 시작했다. 방송 직후부터 필름(이후에는 비디오카세트)에 대한 요청이 빗발쳤고 오래지 않아 군대, 국가안전보장국, 국무성의 모든 부서, 수많은 다른 연 방, 주, 그리고 지역 정부 기관, 기업, 노조와 교회, 고등학교와 대 학, 시민사회 그룹, 인사 관련 조직에서 교재로 쓰였다. 이 다큐멘 터리는 순식간에 교재로 배포된 TV 필름 가운데 베스트셀러에 올 랐고, 이후 16년간 이 기록은 계속 유지되었다.

첫 방송이 나간 직후 한 출판 관계자가 내게 제인 엘리어트와 그녀의 실험에 관한 책을 써보지 않겠느냐고 제안했으며, 1971년 에 출간한 《푸른 눈, 갈색 눈》이 그 결과물이었다. 책이 나오기 전 에 〈리더스 다이제스트〉는 책의 요약 내용을 머리기사로 실었다. 1 년 뒤에는 페이퍼백(paperback)**도 나왔다. 제인 엘리어트의 차별 실험 수업이 시대정신의 예민한 코드를 건드린 것이 분명했다.

● 흔히 '피바디 상'으로 알려졌으며 미국에서 라디오와 TV의 우수한 프로그램에 수여하는 상. 최근에는 인터넷에 배포할 목적으로 제작한 동영상도 시상 대상에 포함했다.
●● 표지와 속지를 얇은 종이로 만든 염가 보급판

더 많은 미국인이 그녀와 그녀의 실험에 대해 알게 되고, 점점 더 많은 조직이 그 필름을 교재로 사용하는 동안, 엘리어트는 자신의 학생을 대상으로 계속 차별 실험 수업을 진행했다. 1970년 이후 몇 년간 전체 3학년의 4분의 1에 해당하는 학급에서 실험 수업을 했고, 라이스빌의 중학교로 옮긴 뒤에는 7학년과 8학년 학생을 포함한 4개의 다른 그룹과 실험을 진행했다. 실험을 할 때마다 나타난 결과는 그녀가 이전 수업에서 관찰한 것과 같았다. 그녀로서는 여전히 실험이 학생들에게 남기는 인상이 얼마나 깊고 오래가는지 알 수 있는 방법이 없었지만, 최소한 어떤 지속적인 효과를 갖고 있다는 사실을 짐작할 만한 단서는 있었다.

그런 단서 중 하나가 노던 아이오와 대학의 학자가 라이스빌의 3~6학년 학생과 근처 비슷한 마을의 학생들을 비교한 연구에서 드러났다. 비교 결과, 라이스빌의 학생들이 덜 인종차별적인 것으로 나타났다. 라이스빌 학생 중 엘리어트의 수업을 들은 아이들과 그렇지 않은 아이들을 비교했을 때 추가로 밝혀진 것은 엘리어트의 학생들이 상당히 덜 인종차별적인 태도를 보였다는 점이다.

"그 학자는 꽤 깊은 인상을 받은 듯했어요." 엘리어트가 말했다. "그의 연구 결과, 제가 가르쳤던 학생들은 자신들이 배운 것을 기억하고 그에 따라 행동했을 뿐 아니라 그들의 태도가 친구들에게도 전염되었다는 것이 밝혀졌지요."

엘리어트가 중학교에서 이 실험을 실시했을 때에도 이 수업의 교훈이 금방 잊히지 않는다는 것이 입증되었다. 하지만 한편으로는 그다지 달갑지 않은 상황과 맞닥뜨려야 했다. 그녀가 가르쳤던 학생들에 대해 다른 교사들이 불평하기 시작한 것이다. 엘리어트의 실험에 참가한 학생들은 차별적 행동에 예민하게 반응했다. 그들은 차별적 태도에 찬성하지 않는다는 의견을 거침없이 말하곤 했다. 예를 들면, 한 교사가 '깜둥이'라는 단어를 쓰면 엘리어트가 가르쳤던 학생들이 "그 단어를 계속 쓰면 전 교실에서 나가겠습니다"라고 항의하는 상황이 간혹 빚어졌다.

"사실 그런 행동은 교사에게 일종의 충격일 수 있어요. 특히 몇 년간 계속 그런 식으로 말해온 사람에게는 말이죠. 제가 학생들에게 교사를 존경하는 법을 가르치지 않았다고 비난받을 수는 있다고 생각하지만, 존경받을 만한 교사상에 대해 가르친 건 분명하죠."

엘리어트는 또한 이 실험이 학습에 끼치는 예상치 못한 효과에 대해 자신이 관찰한 바를 들려주었다. 엘리어트가 실험을 시작한 바로 첫날, 소위 '우월한' 그룹에 속해 있던 학생들이 이전엔 그들에게 불가능했을 방식으로 학업 성취도가 부쩍 상승된 모습을 보였다. 그녀는 처음엔 그저 자신의 상상이려니 하고 그 느낌을 무시했다. 그런데 둘째 날에도 똑같은 현상이 일어났다. 전날 '열등하다'는 딱지가 붙었던 아이들, 그래서 공부를 제대로 해내기가 거의 불가능했던 아이들이 갑자기 엘리어트가 보기에 그들이 해내리라고 생각하지 못한 과제를 해낸 것이다.

그 뒤 몇 년간 엘리어트는 실험하기 두 주 전, 실험하는 이틀간, 그리고 실험이 끝나고 두 주 뒤에 학생들의 맞춤법, 수학, 독서 능력을 테스트하는 비공식 시험을 치렀다. "그 결과, 제가 관찰한 게 단지 상상만이 아니었음을 알게 됐지요. 거의 예외 없이 학생들이 '우월한' 그룹에 속했을 때 성적이 올라갔고, '열등한' 그룹일 때는 내려갔어요. 그리고 실험이 끝난 뒤에는 남은 학기 동안 내내 전보다 높은 성적을 유지했고요."

이 현상을 이론적으로 잘 설명할 수 있는 무언가를 찾고 싶은 마음에, 엘리어트는 스탠퍼드 대학 심리학과 전문가들에게 시험 결과의 일부를 보냈다. 엘리어트는 그들에게서 "이 시험 결과는 학생들의 학업 능력이 24시간 만에 바뀌었다는 걸 보여주는 것 같다. 그런 일은 불가능하다"라는 대답을 들었다. 그렇지만 적어도 엘리어트에게 그런 일이 실제로 일어났다는 증거는 분명히 있었다. 결국 그녀는 스스로 결론을 내렸다.

"학생들이 '우월한' 그룹에 속했고 정말로 탁월한 성적을 보여준 날, 학생들은 처음으로 자신들의 참된 잠재력이 무엇인지를 발견했어요. 그들은 자신들이 지금까지 해온 것보다 훨씬 더 잘할 수 있다는 사실을 실제 경험으로 배웠지요. 이후 실험이 끝나고 학생들이 계속 더 좋은 성적을 유지할 땐, 그들은 이제 자신들이 할 수 있다고 스스로 아는 사실에 단지 반응했을 뿐인 거고요."

교육계에선 학생들이 자신들에 대한 교사의 기대에 따라 더 잘

하거나 못하게 된다는 것은 이제 뉴스거리도 아니었다. 그러나 이 실험의 경우, 달라진 점은 학생들이 그들 자신에게 갖는 기대였다. 학생들의 새로운 기대는 희망이나 비현실적인 소망, 심지어 교사가 학생들에게 그들의 능력에 대해 말해준 내용에 근거한 것이 아니라 그들 자신의 지식과 경험에 따른 것이었다. 그들은 단순히 자신들이 더 잘할 수 있다고 생각만 한 게 아니었다. 그들은 자신들이 더 잘할 수 있다는 걸 알았다. 더 잘하는 경험을 해봤기 때문이다.

엘리어트의 말처럼 이 '발견'은 실험의 놀라운 부수 효과였다. "이 사실을 알게 되어서 정말 기뻤어요." 그녀가 말했다. "하지만 분노하기도 했습니다. 누군가는 제게 이걸 말해줬어야 했어요. 누군가는 모든 교사에게 이 사실을 말해야 한다고요."

기대했건 기대하지 않았건 엘리어트가 실험에서 볼 수 있었던 긍정적 효과는 그녀로 하여금 이 실험을 계속하도록 부추기고도 남았다. 그러나 대답이 없는, 아마 대답하기 어려울, 이 실험의 장기적 효과에 관한 질문은 여전히 남아 있었다.

그러던 중 1984년, 라이스빌 고등학교의 1979년 졸업생들이 5주년 동창회 일정을 잡았다. 그해 졸업생 중에는 1970년 엘리어트의 수업이 〈폭풍의 눈〉이라는 다큐멘터리로 촬영될 때 3학년 학생이었던 사람도 있었다. 그들 중 몇 명이 학교에 와서 엘리어트에게 동창회가 열릴 때 그 필름을 다시 볼 수 있겠느냐고 물었다. 엘리어트는 흔쾌히 동의했고, 이제 청년이 된 그들은 즉시 다른 동창에게 고등학교 동창회와 초등학교 3학년 같은 반의 '미니 동창회'라고 이름 붙인 모임에 모두 참석하라고 연락하기 시작했다.

가능한 한 많은 친구를 미니 동창회에 불러 모으려는 그들의 열성은 엘리어트에게 놀라운 일이 아니었다. "이 실험을 하는 동안엔 아이들도, 교사도 괴롭습니다. 하지만 마침내 실험이 끝나면 다시 한데 모이게 되지요. 그땐 제가 다른 어떤 순간에도 보지 못했던 사랑과 이해, 연민의 강렬한 감정이 교실 안에 가득 찹니다."

엘리어트의 3학년 학생들은 그 경험을 가족이 된 기분이라고 표현하곤 했다. 마치 그 실험이 얼마간은 그들 모두를 일순간 친척처럼 느끼게 만들었듯 말이다. 엘리어트는 이 실험을 겪은 아이들을 그렇지 않은 아이들과 많은 점에서 달라지게 만든 것 중 하나는 그와 같은 감정이라고 생각했다. 그 감정은 엘리어트 자신에게도 영향을 끼쳤다.

"제 자신이 그런 감정을 느끼고 학생들에게서도 그와 같은 마음을 볼 때마다, 저는 만약 형제애, 평등, '하나의 국가'에 대해 우리가 하는 말을 진짜로 믿고 행동으로 옮긴다면 사회가 어떻게 달라질지 작은 단면을 엿볼 수 있다고 생각해요. 1970년 차별 실험 수업에 참여한 학생에겐 자신들이 한 일이 전국에 TV로 방송될 만큼 중요한 일이었다는 사실이 명백하게 이 연대감을 강화시켰지요. 이 경험은 그들을 개인적으로나 집단 전체로서 매우 특별한 사람으로 만들었습니다."

엘리어트는 1970년에 3학년 학생이었던 아이들을 다시 만나기를 고대했을 뿐이지만, 이 동창회는 그녀에게 더 중요한 기회가 될 가능성을 지니고 있었다. 이 모임은 그녀가 이 실험을 겪은 학생들과 몇 년의 시간이 흐른 뒤 이야기할 수 있는 최초의 기회였다. 게다가 다른 그룹과 달리 이 그룹은 함께 필름을 보면서 3학년 학생일 때 그들이 실험에 어떻게 반응했는지를 성인의 눈으로 돌아볼 수 있었다. 이들은 자신들의 기억에 의존할 필요가 없었다.

엘리어트는 이들이 다큐멘터리를 다시 보고 어떤 반응을 보일지 궁금해했다. 그러나 그보다 궁금해했던 것은 그들이 오래전의 실험 그 자체에 대해 무슨 말을 할지였다. 그들 중 일부는 결혼했고, 아이를 두었다. 어떤 교사가 자신의 아이에게 그런 실험을 겪도록 한다면, 그들은 어떻게 생각할까?

미니 동창회가 실제로 열릴 거라는 확신이 서자 엘리어트는 내게 전화를 걸어 그 사실을 말해주었다. 우리는 계속 연락을 주고받고 있었고, 엘리어트는 방송에 등장한 3학년 학생 열여섯 명의 삶에 그녀의 실험이 어떤 영향을 남겼는지 내가 추적하고 싶어 한다는 걸 알고 있었다. 〈폭풍의 눈〉의 마지막 장면도 바로 그 내용이었다. 아이들이 쏟아져 나와 노란색 스쿨버스를 타러 달려가던 라이스빌 학교 앞에 서서, ABC 기자 빌 보텔은 이렇게 말했다.

"제인 엘리어트의 3학년 학생들은 상대가 어떤 사람인가에 근거해서가 아니라 눈의 색깔 때문에, 목에 두른 천 쪼가리의 색깔 때문에, 또는 피부색 때문에 다른 사람들로부터 분리되고 격리된다는 게 어떤 것인지 배웠습니다. 이 아이들이 자신들이 배운 것을 기억할지 우리는 모릅니다. 그러나 아이들이 자신들의 용감하고 창의적인 선생님, 하루 동안 자신들의 삶을 끔찍하게 만들었지만 그와 동시에 인간의 마음에 대해 값을 매길 수 없을 만큼 소중한 이해를 제공해준 선생님을 잊을 것 같지는 않습니다."

이 마무리 말을 두고 우리는 고심을 거듭했다. 보텔과 나, 우리 두 사람은 제인 엘리어트의 교실에서 일어난 일에 깊은 감명을 받았고, 아이들이 이 교훈을 오래 기억해주기를 바랐다. 그러나 보도하는 위치에서, 우리가 할 수 있는 최대치란 질문을 던지는 것뿐이었다.

그 후로 몇 년간 〈폭풍의 눈〉을 봤거나 이 책의 초판을 읽은 사람들에게서 나는 같은 질문을 반복해서 받았다. 이제, 그 답을 찾을 기회, 그리고 어쩌면 그 답을 영상에 담아 새로운 다큐멘터리를 만들 수 있는 기회를 뿌리칠 수 없었다. 나는 라이스빌에 가서 미니 동창회를 취재할 촬영진을 신속히 모으기 시작했다.

제인 엘리어트로서는 3학년 학생 열여섯 명 중 실제로 몇 명이나 나타날지 알 도리가 없었다. 세월은 그들 모두에게 친절하지만은 않았다. 덩치가 크고, 성격이 좋았던 푸른 눈의 소년 러셀 링, 실험 첫째 날 오전 쉬는 시간이 끝났을 때 눈 속에서 레슬링을 하다가 온 몸이 흠뻑 젖어서 돌아왔던 그는 이 자리에 함께하지 못했다. 존 벤타인을 놀려 '있는 힘껏 배를 치도록' 만든 사람도 링이었고, 둘째 날 안경을 잊어버리고 가져오지 않은 사람도, 그 뒤에 핀을 삼켜버린 사람도 그였다. 링의 레슬링 사랑은 오래 지속되었고, 고등학교를 다닐 때 그는 주 레슬링 챔피언이 되었다. 그러나 졸업을 불과 몇 주 앞두고 링은 교통사고로 목숨을 잃었다.

존 벤타인 역시 심각한 교통사고를 당해 하반신이 마비되었다. 동기 몇몇이 그에게 동창회에 오라고 권유했지만 그가 실제로 올지는 아무도 알 수 없었다.

당시 3학년 학생 중 최소 여섯 명이 고등학교 졸업 이후 대학에 진학했다. 아이들이 원래 엘리어트의 반에 배정된 이유가 읽기 능력이 뒤졌기 때문이었고 그해에 3학년 다른 반 학생이나 교사들에게 종종 '바보 그룹'이라고 불렸던 점을 감안하면, 인상적인 결과였다. 열여섯 명 중 두 명, 렉스 코작과 레이먼드 한센은 대학을 마쳤다. 코작은 지금 고등학교 교사였고, 엘리어트는 그가 가끔 〈폭풍의 눈〉을 활용해 수업을 한다는 사실을 알고 있었다. 한센은 시카고에서 법률 보조원으로 일하고 있었다. 반 학생 중에서 한센은 갑작스럽게 '열등한' 사람이 된 친구들을 차별할 때 가장 즐거워하는 것처럼 보였던 아이로 엘리어트의 기억에 아직도 선명하게 남아 있었다.

아이오와 주의 인근 마을 크레스코(Cresco)에서 사무직으로 일하는 벌라 불스는 여전히 싱글이었다. 다른 소녀들은 다 결혼했고, 모두 최소 한 명의 자녀를 두었다. 엘리어트가 여전히 '떼어놓을 수 없는 단짝'으로 기억하고 있던 세 명 중 한 명인 실라 새퍼는 직업 군인과 결혼해 켄터키 주에서 살았다. 단짝 중 두 번째 소녀인 수잔 진더는 공군에서 일하는 남자와 결혼한 뒤 세 명의 자녀와 함께 노스캐롤라이나 주의 파예트빌(Fayetteville)에서 살았다. 단짝 중 세 번째 소녀인 줄리 스미스는 결혼한 뒤에도 여전히 북부 아이오와 주에 살고 있었다.

로이 윌슨은 3학년을 마치자마자 가족과 함께 라이스빌을 떠났는데, 결혼해서 미주리 주의 세달리아(Sedalia)에 살면서 타이어 공장에서 일했다. 역시 공장 노동자인 밀턴 월도프는 미네소타 주의 로체스터에서 살았다. 엘리어트가 늘 외톨이라고 생각했고 어느 한쪽 집단이 우월하다는 개념을 거부한 유일한 학생이었던 브라이언 샐타우는 짧게 해군에서 일했고, 현재는 실직 상태였다. 엘리어트는 가끔 그를 마을에서 마주치곤 했는데, 그는 여전히 외톨이였다.

11

1984년 8월 11일 토요일 아침 9시, 제인 엘리어트는 라이스빌 학교의 현관 안쪽에 서서 아이들을 기다렸다. 미니 동창회를 촬영하려고 대기 중인 촬영진과 함께 나도 그 자리에 있었다. 잠시 후 엘리어트의 3학년 학생 열여섯 명 중 열한 명이 도착했다. 존 벤타인은 오지 않았다.

엘리어트의 학생이었을 땐 여덟 살 혹은 아홉 살이었던 아이들이 이제 스물둘 아니면 스물셋이 되었다. 당시 서른일곱 살이었던 엘리어트는 이제 쉰한 살이었다. 샌드라 돌먼은 남편 조(Joe)와 함께 왔다. 도나 레델은 자신의 아기를 데리고 왔다. 세 명의 단짝 소녀도 거기에 있었다. 줄리 스미스는 혼자 왔다. 수잔 진더 부부는 노스캐롤라이나에서 먼 길을 마다 않고 달려왔고, 실라 섀퍼 부부도 켄터키에서 왔다. 레이먼드 한센은 시카고에서, 밀턴 월도프는 로체스터에서, 로이 윌슨은 세달리아에서 각각 왔다. 근처에 사는 렉스 코작과 벌라 불스도 왔고, 브라이언 샐타우도 나타났다.

세월의 간극을 메우려는 열띤 대화와 간간이 함성이 터져나오는 안부 인사가 뒤섞인, 열기 넘치고 행복한 동창회였다. 빌 보텔과 나는 한 가지 점에서는 옳았다. 학생들은 자신들의 선생님을 잊지 않았다. 엘리어트가 말했다. "아이들이 얼마나 크게 자랐는지 보고 놀랐어요. 반면 아이들은 제가 얼마나 작아졌는지 보고 놀랐지요." 커피와 도넛을 먹은 뒤 모든 사람은 다큐멘터리를 보기 위해 교실에 들어갔다. 그들 모두가 동창회를 촬영하는 데 동의했기 때문에 우리가 전날 설치해둔 조명 장치를 보고 아무도 놀라지 않았다.

〈폭풍의 눈〉을 다시 보고 난 뒤 그들이 보인 첫 반응은 엘리어트의 예상과 어느 정도 비슷했다. 그들은 3학년 때 자신들이 어떻게 생겼는지를 보고 웃었고, '열등한' 집단에 속했을 때 자신들이 얼마나 슬퍼했는지를 보고 놀랐다. 다큐멘터리를 함께 보면서 많은 이야기를 나눴고, 몸을 돌려 다른 사람의 반응을 확인하기도 했다. 그들은 다큐멘터리를 한 번 더 보자고 요청했다. 다큐멘터리를 두 번 본 뒤에는 불을 켜고 둥그렇게 둘러앉아 이야기를 시작했다.

엘리어트는 당장 레이먼드 한센에게로 몸을 돌렸다.

"레이먼드, 나는 네가 왜 그렇게 다른 아이들을 차별하는 데 열심이었는지 알고 싶어. 하루가 끝날 무렵 나는 속으로 '저런 못된 꼬마 나치 같으니라고!'하고 생각했다니까. 진짜로, 널 참을 수가 없었어."다른 사람들이 모두 웃으며 한센을 바라보았다.

"그때 엄청나게 사악해진 기분이었어요."한센이 대답했다. "모든 제한 규칙이 사라졌잖아요. 그리고 그들이 내 친구이건 아니건 간에 한 번이라도 내게 갖게 했을지 모르는 그 모든 억눌린 공격성과 적대감, 그것들을 한꺼번에 발산할 기회를 얻었던 거죠."

"게다가 너는 하루 종일 그랬어."엘리어트가 상기시켜주었다.

"그게 게임이 되어버렸어요. 제가 어떤 새로운 일을 생각할 수 있었겠어요? 제가 어떤 새롭고 창의적인 일을 할 수 있었을까요?"한센이 말했다.

오래전 푸른 눈 그룹에 속했던 다른 사람이 한센을 거들고 나섰다. "그건 저희가 선생님의 지지를 받고 있었기 때문이에요. 저희는 선생님이 특별하다고 말해준 학생들에게 무슨 일이 일어나게 하지 않을 거라는 걸 알고 있었거든요."

한센이 고개를 끄덕였다. "저는 제가 지지받고 있다는 걸 알았어요. 제게는 힘이 있었어요. 아시다시피, 저는 학급에서 중요한 존재였어요. 제가 갈색 눈을 가진 아이들을 괴롭히는 새로운 아이디어를 생각해내면 선생님의 지지를 받았으니까요. 다른 푸른 눈을 가진 친구들의 지지도 받고요."

"만약 네가 내 지지를 받지 못했다면 어땠을까? 만약 내가 너에게 '레이먼드, 그만해라'하고 말했다면 말이야."엘리어트가 물었다.

"훨씬 더 어려웠겠지요." 한센이 조심스럽게 대답했다. "3학년 아이는 엄청 순진하고 악의가 없어요. 하지만 선생님도 아시다시피, 저는 제가 행동하거나 말하는 것의 결과를, 미래에 어떤 일이 벌어질지를 몰랐어요. 그저 재미있는 것만 했지요."

"게다가 너는 계속해도 좋다는 허락을 받았으니까." 엘리어트가 고개를 끄덕이며 말했다. 그러고는 샌드라 돌먼을 향해 몸을 돌렸다. "우리가 다큐멘터리를 보는 동안 네가 렉스와 깃에 대해 이야기했다고 들었어."

남편과 함께 앉아 있던 돌먼이 고개를 끄덕였다. "사람들이, 말하자면 다른 사람들에 대해 말하는 걸 종종 듣게 돼요. 그들이 얼마나 우리와 다른지, 그들이 이 나라에서 떠났으면 좋겠다거나, 아프리카로 돌아가버렸으면 좋겠다거나, 뭐 그런 말요. 가끔 저는 주머니에 우리가 수업 시간에 썼던 그 깃을 갖고 있었으면 좋겠다는 생각을 해요. 깃을 확 꺼내서 그들에게 둘러주며 말하고 싶어요. '이걸 둘러, 그리고 그들 처지에 서봐.' 저는 그들이 제가 체험했던 것을 겪어봤으면 좋겠어요."

"그러면 앞으로 계속 주머니에 그 깃을 가지고 다닐 거야?" 엘리어트가 물었다.

"글쎄요. 늘 그렇진 않겠지만 저는 단지 이렇게 말하고 싶을 뿐이에요. '내가 체험했던 걸 너도 해봐'라고."

"하지만 정신적으로 너는 여전히 그 깃을 주머니에 가지고 있는 거니?"

"그 깃이 제 주머니에 있었으면 좋겠다고 생각하죠."

"저는 우리가 모두 각자 깃을 주머니에 가지고 있다고 생각해요." 누군가가 둘의 대화에 끼어들었다. 여기저기서 그 말에 동의하며 소곤거리는 소리가 들렸다.

"그건 우리가 우리 마음에, 느낌에 항상 가지고 다닐 어떤 것이에요. 누구도 우리에게서 그걸 빼앗을 순 없어요."

"그 깃을 없애버리고 이 실험을 겪지 않았으면 좋았겠다고 생각하니?" 엘리어트가 물었다.

여러 명이 아니라고 대답했고, 다른 사람들도 이에 동의했다.

"만약 그랬다면 너희 삶이 좀 더 쉬워졌을까?" 엘리어트가 물었다.

다시 한 번, 그들은 아니라고 대답했다.

"그 수업이 고통을 감당할 만한 가치가 있었다고 생각하니?"

모든 사람이 그렇다고 이구동성으로 대답했다.

"그 수업은 모든 것을 이전과 달라지게 만들었어요." 로이 윌슨이 말했다. "우리는 모두 더 나은 가족이 될 수 있었어요. 심지어 집에서도 그랬어요. 저희에겐 충격적인 일이었기 때문이죠. 어느 날 가장 친했던 친구가 다음 날엔 적이 된다면, 누구든 빨리 깨달을 수 있을 거예요."

"모든 학생이 이 수업을 받아야 할까, 아니면 모든 교사가 받아야 할까?" 엘리어트가 물었다.

"전부 다요." 네다섯 명이 동시에 대답했다.

"모든 학교에서 교육의 초기 단계에 이런 프로그램을 실행해야 해요." 레이먼드 한센이 말했다. 그의 말에 다른 사람들도 모두 동의했다.

엘리어트는 모두에게 '우월한' 집단에 속했던 날을 기억하느냐고 물었다. "너희는 뭐든 다 할 수 있었지. 읽기도 잘했고, 맞춤법도 틀리지 않았고, 수학도 잘했어. 다음 날엔, 다들 어떻게 느꼈니?"

"저는 '에이, 어제는 더 쉬웠는데' 하는 기분이었어요." 실라 섀퍼가 말했다.

"사람들이 '너는 멍청해'라고 말하면 실제로 멍청한 사람이 된 것 같고, 멍청하게 행동하게 돼요." 그들 중 한 명이 말했다. "하지만 상위에 있고 뭐든 잘못하는 게 없다는 말을 들으면 잘못할 게 없게 되죠. 교실을 손바닥 안에 갖고 있는 셈이고, 실제로 그렇게 되는 거죠."

"더 많은 기회를 갖게 되는 거예요. 그리고 기회를 갖게 되니까 더 잘하는 거고요." 누군가 말했다.

"열등한 집단에 속했을 때 기분이 어땠어?" 엘리어트가 물었다.

"아, 그날은 집에 가서 누군가를 증오하는 이야기를 했어요. 정말 그랬어요." 벌라 불스가 말했다.

"나를 증오한 거였지?" 엘리어트가 물었다.

불스가 격하게 고개를 끄덕였다. "네, 선생님이 우리에게 겪도록 한 일 때문에요. 멸시당하고 싶어 하는 사람은 없어요. 누구도 미움받고, 놀림받고, 차별당하고 싶어 하지 않잖아요. 그래서 차별을 당하면 마음속이 그냥 끓어올라요. 정말 미치는 거죠."

"그냥 화가 났던 거야? 아니면 그 이상이었니?" 엘리어트가 물었다.

"저는 의기소침해졌어요. 수치스러웠고요." 한센이 대답했다.

그들은 이 수업이 자신들의 삶에 끼친 영향에 대해 이야기했다. 실라 섀퍼가 먼저 나섰다. "할아버지들이 지나간 시절에 대해 말할 때나 '왜놈'이라는 표현을 쓸 때, 저는 생각했어요. 당신 자신이 그런 캠프에 던져진 채 살아야 했던 일본인이었다면 어떤 기분일까 하고요. 그리고 진정하고 생각 좀 해보려고 했죠. 하지만 사람들은 나이 들어가면 자기 방식으로 굳어지고 바뀌지 않아요."

"네가 더 나이 들면?" 엘리어트가 물었다.

"저도 제 방식대로 굳어지겠지요. 하지만 그들과는 다른 방식일 거예요." 섀퍼가 말했다.

"제 생각엔, 우리 모두 좀 더 개방적이 된 것 같아요." 수잔 진더가 말했다. "우리는 체험을 했잖아요. 실험 수업을 함께 겪었고요. 그리고 저는 우리가 좀 더 개방적인 사람이 될 수 있는 실험을 했다고 생각해요."

"모든 사람은 저마다 각자의 방식을 지닌 고유한 인격체인데, 단지 무엇을 하는지 혹은 어떻게 생겼는지로 사람을 판단해서는 안 돼요." 누군가가 덧붙였다.

"'우리' 그리고 '그들'로 분열되는 상황이 만들어지면 안 돼요." 또 다른 누군가가 말했다.

"저는 여전히 흑인들이 함께 있는 모습이나 그들이 어떤 행동을 하는 것을 볼 때, '그래, 저게 흑인이지' 하고 생각하는 제 자신을 발견할 때가 있어요." 진더가 말했다. "그런데 바로 다음 순간, 심지어 생각을 다 끝내지도 않았을 때, 저는 이렇게 말하죠. '웬걸, 나는 백인들이 저렇게 행동하는 것도 봤어. 다른 사람들이 저런 행동을 하는 것도 봤어. 흑인이라서가 아니야. 단지 다른 피부색이 머릿속에 가장 먼저 들어왔을 뿐이야.' 그런 다음엔 제가 말한 대로, 이전 생각을 미처 끝내기도 전에 제가 그 상황에 놓여 있던 시절로 생각을 되돌리곤 해요."

다른 여성이 이어서 말했다. "만약 당신이 다르게 생긴 사람과 함께 있으면 이렇게 생각할지도 몰라요. '아, 싫어. 그들 가까이에 있기 싫어. 내가 이런 사람과 어울리는 걸 알게 되면 다른 사람이 날 무시할 거야.' 하지만 저는 상관하지 않아요. 왜냐하면 저는 열등한 처지에 놓인다는 게 어떤 기분인지 알거든요. 저는 모든 사람과 우호적으로 지내고 싶어요. 다른 사람이 제게도 그렇게 하기를 원하니까요."

벌라 불스는 여전히 흑인이 한 명도 없는 시골 동네에 살지만 대학 시절이나 일터에서 흑인을 알고 지내던 친구들 소개로 많은 흑인을 알게 되었다고 말했다. "몇 주 전에 소프트볼 게임을 했는데, 제가 아는 흑인 친구가 거기 있었어요. 우리는 '안녕' 하고 인사하고 서로 가볍게 포옹했지요. 그랬더니 몇몇 사람이 눈을 동그랗게 뜨고 저를 쳐다보더라고요. '너 지금 그 남자랑 뭐하는 거야?' 하는 얼굴로요. 그러면 정말 속에서 불이 나지요. 저는 흑인이 우리랑 하나도 다를 게 없다는 걸 그들이 깨닫도록 우리가 겪은 실험을 그들도 받게 만들고 싶어요."

샌드라 돌먼은 흑인 인권운동가인 제시 잭슨(Jesse Jackson)이 대통령 선거에 출마했을 때 집 밖에서 인종차별적 이야기를 듣고 온 자신의 아들에 대해 자세히 들려주었다. "아들이 집에서도 인종차별적인 이야기를 늘어놓기에 제가 이렇게 말했죠. '그에겐 아무런 문제도 없어. 너랑 똑같은 사람이야. 피부색만 다를 뿐이지.' 그랬더니 아들이 저를 쳐다보는데, 마치 '엄마, 지금 무슨 소리 하시는 거예요?' 하는 것 같았어요. 저는 아들을 제대로 가르치려고 애쓰고 있어요."

"시간이 꽤 걸릴 거야. 어린 애들이잖아. 그 애들은 아마도 다른 많은 사람이 말하는 걸 듣게 될 테고, 혼란스러운 상태로 끝나버리게 될 걸." 브라이언 샐타우가 말했다.

"하지만 샌드라가 계속해서 아들에게 말한다면, 그 아이는 너희와 비슷한 사람이 될까, 아니면 피부색으로 남을 판단하는 사람이 될까?" 엘리어트가 물었다.

"우리 아이들은 우리로부터 편견을 배우게 되진 않을 거예요." 진더가 말했다.

돌먼의 남편 조가 입을 열었다. "저는 아내가 아들에게 사람을 증오하지 않도록 가르쳐서 기뻐요. 왜냐하면 아들이 다른 사람들한테 인종차별적인 이야기를 듣더라도 집에 와서 부모가 흑인을 좋아하고 전혀 차별하지 않는 모습을 자주 보게 되면, 결국은 부모를 따라 배우게 될 테니까요."

로이 윌슨은 자신에겐 그 수업의 영향이 인종차별과 관련한 것 이상이었다고 말했다. "저는 지금 미주리에 살아요. 그곳에선 많은 사람이 펑키 스타일의 머리를 하죠. 여기서도 사람들이 펑키 스타일로 머리를 자르는지는 모르겠지만요. 지난해 한 고등학교 농구 코치가 펑키 스타일로 머리를 자른 사람은 팀에서 시합을 할 수 없다고 말했고, 실제로 출전을 정지시켰어요. 어떤 사람이 다른 헤어스타일을 했다고 해서 팀에서 뛰지 못하게 하는 것이 옳은가요?"

키가 크고 마른 체형인 벌라 불스는 뚱뚱한 사람을 차별하는 일도 존재한다고 지적했다. 평균 키보다 작은 렉스 코작이 말했다. "저는 덩치가 큰 아이들 한 무리가 한 아이를 단지 키가 작다는 이유로 놀리는 광경을 볼 때 제가 수업에서 느꼈던 것과 똑같은 감정을 느껴요."

레이먼드 한센은 자신들이 3학년 때 배웠던 것을 다른 사람에게 전달할 수 없었을 때 느낀 좌절에 대해 말했다. "우리는 모두 이 실험 덕분에 매우 특별한 감정을 갖게 됐어요. 그리고 때때로 이 감정을 다른 사람들과 나눌 수 있었죠. 그러나 대부분 다른 사람들의 마음 안엔 이 감정이 응당 그래야 하는 것처럼 깊게 자리 잡았다고 생각하지 않아요. 이 감정이 마땅히 그래야 하는 만큼 그들의 도덕적 성격의 일부가 되었다고 보진 않아요."

12

믿음

미니 동창회가 끝난 뒤 제인 엘리어트는 자신
이 가르쳤던 학생들에게서 느낀 점을 나와 함께 이야기했다. "아
이들은 제가 원했던 사람이 되었어요. 그들 덕분에 매우 기쁩니다.
몇몇 아이들이 한 말은 제가 그들에게 듣기를 바랐던 말들과 정확
히 일치해요."

물론 엘리어트는 그토록 기뻤던 토론이 같은 생각을 가진 사람
들과 우호적이고 위협적이지 않은 분위기에서 진행되었음을 잘 알
았다. 또 그들이 자신들의 의견에 엘리어트가 동의하리라고 꽤 자
연스럽게 예측했을 것이라는 점도 알았다. 이는 그들이 인종과 차
별에 대한 자신들의 태도에 동의하지 않는 사람들과 함께 있을
때, 그런 적대적인 환경에서는 어떻게 행동할 것인가 하는 질문
을 열어놓았다. 예를 들면, 그들이 혼자라고 느끼거나 수적으로

열세일 때 인종차별적인 발언이나 행동에 맞닥뜨린다면 어떻게 반응할까?

"제가 보고 들은 건 열한 명의 젊은이가 강력한 반인종차별적 태도를 말로 표현한 것이었지요." 엘리어트가 말했다. "그들은 대부분 인종차별적이고 성차별적 태도를 인정하고 부추기는 사회에서 살아가고 있어요. 제 소망은 인종차별적이거나 성차별적 발언이 그들의 눈앞에서 행해질 때 그들이 아니라고 말할 수 있는 거예요. '그건 사실이 아니에요'라고 말하거나 아니면 적어도 자신들 주변에선 그런 말을 하지 말라고 요구하는 거요. 저는 그들이 습득한 새로운 태도를 단지 간직하는 데에 그치지 않고 행동할 수 있기를 바랍니다. 그들이 인종차별과 어떤 종류의 차별이건 그런 것들을 마주칠 때마다 적극적으로 저항할 수 있기를 바라요."

하지만 그들은 현존하는 사회 안에서 살아가야 했다. 그 사회 안에서 생존하기 위해 자신들이 보기에 필요하다고 생각하는 일은 무엇이든 해야 하는 사람들이었다. 현실의 체계에 지속적으로 반대하면서 살아간다면 친구도 얻기 힘들뿐더러 사람들에게 영향을 끼칠 수도 없게 될 것이다. 하지만 엘리어트는 차별 실험이 운동가 조직을 만들어내진 못했더라도, 인종차별주의와 마주칠 때마다 그것이 잘못됐다는 인식과 함께 최소한 그에 반대하는 찌릿한 감정을 느끼게 될 젊은이들을 길러냈다고 생각했다.

엘리어트가 생각하기에, 그런 감정을 느끼게 된다면 그들은 그

지점에서 결정을 내려야 할 것이다. 동의해야 하나? 아니면 이의를 제기해야 하나? 나를 주장해야 하나, 아니면 그냥 내버려둬야 하나? 아니면 나도 참여해야 하나? 적어도, 그들은 결정을 내려야 하는 순간을 맞닥뜨리게 될 것이다. 어쨌든 고민하게 될 것이다. 실험 수업의 경험이 없었다면, 그들은 심지어 그런 결정을 요구받는다는 것조차 알아차리지 못했을 거라고 엘리어트는 생각했다.

엘리어트는 3학년 학생 열여섯 명이 다른 사람에 대한 자신들의 영향력을 깨닫기를 원했다. 그녀는 다른 사람들은 평생을 살아야 하는 삶을 학생들이 단 하루라도 살아보길 바랐다. 그리고 그 하루의 고통이 그들로 하여금 이후 평생에 걸쳐 단 한 사람에게라도 비슷한 종류의 고통을 끼치기를 거부하도록 돕는다면, 그렇게만 된다면 그 하루의 연습은 성공이라고 생각했다.

"저는 그런 일이 실제로 일어났다고 생각해요. 그 아이들은 어른이 되었어요. 단순히 나이만 먹는 대신 성숙해졌어요. 부모보다, 또래보다 훨씬 더요. 그리고 그들 스스로 말한 대로, 그들이 오늘날 사람들에 대해 느끼는 방식은 3학년 때 일어났던 일들 덕분이에요. 저는 3학년 아이들을 가르칠 때마다 제가 가르친 것이 아이들이 고등학교를 졸업할 때까지 최소한 9년은 지속되기를 바랐어요. 이 경우에는 14년이에요. 저는 그 수업의 영향이 이렇게 오래 지속되리라고 전혀 생각하지 못했어요. 그리고 그들은 수업을 단지 기억만 하는 게 아니라 자신의 아이들에게 가르치고 있어요. 이

건 정말, 정말 제가 기대했던 것 이상이에요."

미니 동창회가 열린 교실에 있었던 사람이라면, 궁극적으로는 그 토론을 촬영한 영상을 본 사람이라면 그 누구도 14년 전 엘리어트의 수업이 최소한 이 그룹의 학생들에겐 강력하고 오래 지속되는 영향을 끼쳤다는 사실을 의심하지 못할 것이다. 인종차별주의에 맞서는 운동가이긴 아니건 간에, 그들은 명백하게 인종차별적 태도에 대해 예방접종이 된 젊은이들이었다. 정말로 그들은 레이먼드 한센이 '도덕적 성격'이라고 부른 것, 임의적 차이에 근거한 모든 종류의 차별에 거의 자동적으로 반대하는 성향을 자신들의 일부로 체화한 것처럼 보였다.

엘리어트는 차별 수업의 영향이 이토록 오래, 강력하게 지속될 수 있었던 이유가 그들이 직접 겪었기 때문이라고 생각했다. 그들은 이 경험을 내면화했다. 그것은 그들의 내면에서 일어난 일이었다. 이 실험은 그저 밖에서 그들에게 단순하게 적용한 학습이 아니었다. 이건 그들이 스스로 겪은 일이었다.

엘리어트는 이런 종류의 깊은 감정적 개입을 다른 교사나 학교 당국이 교실에서 기꺼이 실행해보려고 할지는 잘 모르겠다고 말했다. 사실 이것은 위험한 교육 방법이었다. 실험으로 한 아이에게 아주 쉽게 상처를 줄 수도 있기 때문이다. 그래서 엘리어트는 절대로 모든 교사가 이 방법을 사용해야 한다고 말하고 싶지 않다고 했다. 오히려 이런 실험이 여전히 필요한 현실 자체가 범죄라고 여겼으며, 이런 실험이 필요 없는 사회를 보고 싶다고 말했다. 교육자들이 결심만 한다면, 그런 필요를 없애기 위해 중요한 역할을 할 수 있을 거라고 보았다. 그러나 현실은 그렇지 않았고, 그녀는 뭔가를 해야 한다고 생각했다. 그녀는 모든 교사, 학교 당국자가 이 실험을 사용하는 모습을 보고 싶었지만, 제대로 된 이유에 근거해 제대로 된 방법으로 이 실험을 사용할 줄 아는 사람이 진행하지 않는 한, 모든 학생에게 적용하는 것은 적절하지 않다고 보았다.

다른 교사들이 제대로 된 방법으로 이 실험을 실행하는 것이 가능하다고 생각하느냐고 묻자 그녀가 답했다. "저는 많은 교사가 이 실험을 적절히 사용하도록 훈련받을 수 있다고 봐요. 실험을 직접 겪어보고, 어떤 일이 일어났는지를 분석하고, 그러고 나서 이 실험을 스스로 할 수 있을 때까지 연습할 수 있죠. 방법은 배울 수 있어요. 제가 할 수 있다면, 다른 사람도 대부분 다 할 수 있어요. 이 실험을 하는 데 탁월한 교사가 필요한 건 아니에요."

제인 엘리어트는 탁월한 교사까지는 아니었을지 몰라도, 매우 특별한 교사임에는 틀림없다. 그녀는 늘 특별한 주제에 대해서뿐 아니라 그 주제의 배후에 있는 현실에까지 학생들을 개입시키는 방법을 알고 있었다. 예를 들면, 수업 시간에 환경과 관련한 질문이 나오자 그녀는 학급 아이들이 훨씬 광범위한 교육적 함의를 지닌 프로젝트를 하도록 이끌었다. 한 3학년 학생이 라이스빌에 공원이 없다고 말했는데, 이 말 한마디가 공원 탐구, 공원의 형태와 기능, 적절한 위치, 그리고 공원에 필수적인 요소 등에 대한 탐구로 이어진 것이다.

오래지 않아 이 학급은 공원의 조경과 나무 심기부터 산책로와 벤치의 설계에 이르기까지 깊게 연구하게 되었다. 학생들은 각각 재료, 가격, 유지보수 방법 등에 대해 지역의 전문 사업자들과 이야기를 나누었다. 라이스빌 시내에서 작은 공원을 조성하기에 적절해 보이는 빈 터를 발견하자, 학생들은 그 땅의 주인이 누구인지 찾기 위한 조사를 직접 진행했다. 조사 결과, 그 땅은 지역 은행의 소유로 밝혀졌다. 학생들은 은행을 직접 찾아가 직원들과 면담을 했다. 이렇게 프로젝트를 진행하는 단계마다 학생들의 읽기, 쓰기, 수학 실력은 점점 향상되었고, 학생들은 도시 계획, 경쟁 입찰, 사적 소유와 공적 소유의 차이 등을 배웠다. 그리고 나중에 밝혀진 것처럼 홍보와 설득의 기술도 배웠다. 학생들이 은행 직원과 만난 뒤, 결국 그 빈 터가 있던 곳에 공원이 만들어졌기 때문이다.

그러나 차별 실험이 성공적으로 진행된 데에 그녀의 특별한 교육 능력 이상으로 중요했던 것은 개인적 자질이었다. 우선, 그녀는 인종차별주의와 같은 중대한 사회문제를 성인들의 정치 세계에서뿐 아니라 초등학교 3학년 교실처럼 눈에 띄지 않는 곳에서도 다룰 수 있고 또 그래야 한다는 것을 직감하는 비범한 통찰력을 지니고 있었다.

또 편견과 차별을 구분할 줄 아는 정교한 눈을 갖고 있어서, 편견은 차별의 원인이라기보다 결과인 경우가 많다는 점을 인식했다. 혐오스럽긴 할지언정 둘 중 훨씬 덜 해로운 것은 편견이라는 사실도 알았다. 그녀는 편견은 주로 사람들의 삶을 그들이 살아가는 그대로 제한하고, 시야를 좁히며, 세계를 축소시키는 역할을 한다고 보았다. 반면에 차별은 다른 사람들의 삶, 때때로 수백만 명의 삶을 일그러지게 만든다. 마틴 루터 킹도 편견이 아니라 차별에 맞서 싸우다 목숨을 잃었다.

여기에 더해, 제인 엘리어트는 정서적·지적 교육의 차이를 남다르게 포착했고, 학생들에겐 단순히 차별에 대해 가르치기보다 차별을 실제로 경험하도록 하는 것이 훨씬 깊은 인상을 남긴다는 데 대한 본능적 이해가 있었다. 마지막으로, 그녀에겐 자신의 목표를 성취하려고 시도하는 과정에서 정서적·지적 교육에 모두 활용할 방법을 고안해내는 창의력이 있었다.

그러나 그녀가 이 모든 자질을 갖췄음에도 여전히 무언가가 더 필요했다. 그것은 이 수업을 실천으로 옮길 용기였다. 용기를 재는 하나의 척도는 이렇다. 엘리어트가 이 실험을 어떻게 했는지를 들은 교사들이 보통 가장 먼저 하는 질문은 "그녀가 해고됐나요?"였다. 이 질문이 함축하는 바는 질문의 불안한 뉘앙스만큼이나 명백했다. 즉 공립학교 임원들은 이런 실험을 하면 마을에서 어떤 반응이 나올지 모른다며 두려워하거나, 혁신적인 교육 방법에 반대하거나, 또는 실제로 그들 자신이 인종차별주의자라는 것, 그도 아니면 최소한 많은 교사가 그렇게 생각하고 있다는 것이다.

엘리어트는 자신의 차별 실험을 놓고 학부모나 마을에서 반대가 있었는지 몰랐지만 일부 동료 교사가 보인 적대감은 잘 알았다. 그녀는 그 적대감이 전부 차별 실험과 관련되지는 않았다고 주장했다.

"저는 3학년 교실에서 다른 교사가 보기에 희한한 일을 많이 벌였어요. 학생들은 대체로 제가 가르치는 걸 좋아했고 제게 배운 것을 잘 기억했죠. 음, 만약 누가 4~6학년을 가르치는데 몇몇 학생이 계속 '엘리어트 선생님 반에서는요, 우리는……'이라거나 '엘리어트 선생님이 이렇게 말했는데요' 같은 말을 한다면, 일부 교사는 문제라고 생각할 수 있겠죠. 더구나 제가 같이 일하기에 편안한 사람은 아니에요. 조금 공격적인 성향을 보일 때가 곧잘 있어요. 저로서는 학생들에게 최선인 것을 하고 싶은데, 그게 늘 동료 교사들의 의견과 일치하진 않아요. 그래서 저와 같은 학교에서 가르치는 게 동료 교사들에게 그렇게 쉬운 일은 아니에요."

실험 자체를 놓고 말하자면, 엘리어트는 일부 동료 교사에게서 나오는 두 종류의 부정적 반응을 인식하고 있었다. 하나는 그녀가 받는 주목에 대한 단순한 질투였다. 지역신문의 기사에서 출발해 통신사가 그 기사를 받고, 그것은 결국 자니 카슨의 〈투나이트〉 쇼

출연으로 이어졌는데, 마치 일이 저절로 그렇게 되어가는 것처럼 보였다. ABC 뉴스가 실험을 촬영하러 왔을 때, 엘리어트는 다시 마을에서 주목의 대상이 됐다. 아이들과 함께 수업했던 〈폭풍의 눈〉이 방송되면서 그녀는 전국적으로 더욱 유명 인사가 됐다. 다른 방송과 언론 인터뷰가 잇따랐고 수많은 전문가 집단, 교육자 모임에서 연설을 해달라는 요청이 쇄도했다. 그리고 1970년에는 아동·청소년 백악관 회의에도 참가해달라는 부탁을 받았다.

그 다음해 《푸른 눈, 갈색 눈》이 출판됐을 때, 엘리어트과 나는 여러 편의 TV 토크쇼에 함께 출연했다. 책 출간뿐 아니라 TV 쇼에서 엘리어트는 더 많은 발언 기회를 갖게 됐다.

"누군가가 나랑 똑같은 월급을 받고 똑같은 일을 하는데 그 사람만 많은 주목을 받는 상황을 지켜보는 건 어려운 일이에요. 제가 일부 동료 교사보다 교육을 덜 받았다는 사실도 아마 그들에겐 별 위안이 되지 않았을 거예요. 동료들에게 질투와 분개의 대상이 되는 일이 딱히 즐거운 건 아니지만 그거야 그럭저럭 견딜 수 있고 이해할 수도 있어요. 저를 정말 괴롭힌 것은 일부 교사의 질투가 아니라 그들이 인종차별적 신념에 근거해 보여준 적대감이었어요."

라이스빌처럼 주민 모두가 백인이고 기독교인인 마을에도 인종 차별주의가 존재한다는 사실이 일부에겐 이례적으로 보일지 모른다. 그러나 인종 간 관계를 공부하는 학생이라면 오래전부터 알고 있는 사실이지만, 미국의 어느 곳, 아니 세계의 어느 곳도 이 문제에서 자유로울 수 없다. 심지어 가장 약한 형식의 인종적 편견과 차별일지라도 문화의 한 부분이 되면 인종차별주의는 자연스럽고, 어쩌면 피할 수 없는 귀결이 된다.

대학생일 때 제인 엘리어트는 자기 아버지의 인종차별적 태도를 보고 실망한 적이 있다. 그녀는 자신의 아버지가 히틀러의 유대인 말살 정책에 몹시 시달렸던 것으로 기억했다. "흑인에 대한 아버지의 모호하고 불분명한 편견을 인종차별주의라고 묘사하는 건 좀 심한 표현일지도 몰라요. 라이스빌에 사는 성인들처럼 아버지는 흑인은 단지 열등한 존재라고 느꼈어요. 그러나 결국은 그게 인종차별주의의 본질인 거죠." 엘리어트는 이후 아이오와 주의 워털루에서 집을 세놓으면서 그녀 자신도 인종차별주의의 모호한 영향 앞에 굴복하는 경험을 한 적이 있다.

이 은밀하고 무의식적인 인종차별적 태도는 그녀가 차별 실험 수업을 하기로 결심하게 된 직접적 이유 중 하나였다. 마틴 루터 킹이 살해된 뒤 그 파장을 다룬 방송 뉴스를 보면서 그녀는 이 살해의 참상보다 살해를 보도하는 방식에 더 놀랐다고 했다.

"저는 백인 남자인 기자가 흑인 운동가들에게 이렇게 질문하는 걸 들었어요. '이제 누가 당신네를 단결시키죠?' '그들은 앞으로 어떻게 한답니까?' '누가 그들의 분노를 통제할 수 있을까요?' 마치 흑인이 하류 인간이고 누군가 나서서 그들을 통제해야 한다는 듯한 말투였지요. 한 기자는 5년 전 일어난 케네디 대통령의 암살을 언급하면서 이렇게 말했죠. '우리가 우리의 지도자를 잃었을 땐 영부인이 우리를 단결시켰습니다. 그들에겐 누가 단결의 구심이 될 수 있을까요?' '우리'와 '그들'의 구분이 이 이상으로 철저할 수는 없죠. 그 태도가 하도 거만해서 저는 이런 생각을 하게 됐어요. '백인 남자 성인이 이렇게 반응하는데, 내가 가르치는 3학년 학생들은 어떻게 느낄까?'"

해마다 엘리어트가 실험 수업을 시작하기 전 흑인에 대해 무엇을 알고 있는지 물었을 때 아이들이 했던 대답은, 주민이 모두 백인인 라이스빌에도 인종차별적 분위기가 가득하다는 데 대한 하나의 증거였다. 아이들의 반응은 대체로 부정적이었다. 이는 심지어 여덟 살, 아홉 살인 라이스빌의 아이들도 문화적 편견에서 자유롭지 않음을 명백히 보여주었다. 아이들이 흑인과 개인적으로 접촉할 기회가 있었더라면 그 경험이 되레 문화적 편견에 의문을 제기하도록 할 수도 있었겠지만, 라이스빌엔 흑인이 한 명도 없고 교실에도 흑인 학생이 없었다.

라이스빌의 학생들 사이에서 나타나는 인종차별적 태도는 이 마을 성인들의 공동체 안에도 인종차별적 태도가 존재한다는 사실을 명백하게 보여준다. 따라서 대단한 상상력 없이도 이 마을의 교사들 사이에서, 그리고 비슷한 공동체 안에서도 인종차별적 태도를 발견할 수 있으리라 쉽게 예상할 수 있다. 실제로 엘리어트는 차별 실험 수업을 시작하기 한참 전에 라이스빌의 동료 교사들에게서 인종차별적 발언을 들은 적이 있다.

그녀가 다른 교사들에게서 차별 실험과 관련해 어떠한 종류의 반응을 예상했건 간에, 실제로 일어난 일에 대해서는 준비되어 있지 않았다. 엘리어트가 말했다. "오래지 않아 저는 일부 교사가 실험 자체에 분개한다는 걸 알아차렸어요. 어쨌거나 저는 결국 현재의 상태를 바꾸려고 시도했던 것이니까요. 저는 아이들에게 모든 사람이 동등하게 태어났다고 가르쳤고, 인종주의는 비합리적이고 불공정하다고 가르쳤어요. 반면 여기엔 아이들에게 흑인이 백인과 동등하다고 가르치기를 원하지 않는 교사들이 있는 거죠. 그들 스스로 그걸 믿지 않았고 어느 누구에게도 그런 가르침이 확산되기를 원치 않았어요. 그게 저를 괴롭힌 거죠. 그리고 그런 교사들의 태도가 제 아이들에게 영향을 끼치기 시작하면 정말 화가 났죠."

그녀가 차별 실험 수업을 시작한 뒤 몇 년간, 엘리어트의 네 자녀는 한 번 혹은 그 이상 다른 학생들에게 다양한 종류의 폭력을 당하는 희생자가 되었다. 그녀의 3학년 학생들이 당했던 것처럼, 자녀 역시 종종 '깜둥이 애인들'이라고 불렸다. 여러 차례 물리적 폭력도 있었다. 엘리어트의 딸은 중학생 때 '엄마가 깜둥이 애인'이라는 이유로 꼬집히고 발로 걸어차이고 심지어 침 세례도 받았다. 엘리어트가 담임 교사에게 딸이 당한 일을 신고하고 어떻게 조치할 것인지 묻자, 그는 엘리어트에게 이렇게 말했다. "그 수업을 시작하기 전에 이런 일이 일어날 거라고 예상했어야죠. 난 이럴 줄 알았어요. 이제 당신이 참는 수밖에 없어요."

질겁한 엘리어트가 "그걸 지금 대답이라고 하는 거예요?" 하고 묻자 담임 교사는 "세상이 원래 그런 것"이라고 대답했다. 학교 교장도 같은 생각이었다.

7학년이었던 엘리어트의 아들은 몇 주 동안, 매일 밤 집에 오는 길에 차를 탄 10대 다섯 명에게 추격을 당했다. 마침내 그녀의 아들을 붙들자 그들은 차에서 내렸다. 다른 아이들이 지켜보는 앞에서 두 명이 나서서 그녀의 아들을 두들겨 팼다. 엘리어트의 딸은 고등학교에서 지갑과 소지품이 모두 망가지고 누군가가 그녀의 립스틱으로 화장실 거울에 '깜둥이 애인'이라고 써놓은 걸 봐야 했다. 엘리어트가 그 학교 교장에게 이 일을 어떻게 조치할 것인지를 물으니 교장은 다른 누군가가 실제로 그런 짓을 했다는 증거가 없다고 대답했다. 마치 엘리어트의 딸이 주목을 끌기 위해 자작극을 벌이기라도 했다는 투였다.

"그런 젊은이들의 행동은 부끄러운 짓이죠. 하지만 그들을 용납한 교사와 학교 당국자의 반응은 비인간적이에요. 라이스빌의 학교에선 서로 모순된 두 가지 교육을 실시하고 있어요. 제가 몇몇 아이에게 인종차별주의란 잘못된 것이라고 가르치는 동안, 몇몇 다른 교사와 학교 당국자는 이렇게 아무것도 하지 않음으로써 정확히 저와 반대되는 내용을 가르치고 있죠."

결국 제인 엘리어트의 가족은 라이스빌을 떠나 가까운 마을로 이사를 갔고, 그녀의 아이들은 다른 학군에서 공립학교를 졸업했다. 그러나 엘리어트는 계속 라이스빌의 여러 학교에서 가르쳤다.

4부

13

자신이 가르쳤던 3학년 학생들과 함께한 미니 동창회가 끝나고 몇 주 뒤, 엘리어트는 아이오와 주의 교정국에서 일하는 성인을 대상으로 차별에 관한 워크숍을 해달라는 요청을 받았다. 나는 그녀가 종종 성인을 대상으로 차별 실험을 한다는 사실을 알고 있었지만 성인들과 하는 실험은, 촬영은 고사하고 관찰할 기회도 갖지 못했다. 실험에 참가한 성인 중 다수에게 어떤 일이 일어났는지를 담은 그녀의 보고서를 읽은 적이 있기 때문에, 나는 이번 기회를 새로운 다큐멘터리의 일부로 만들고 싶었다. 나는 엘리어트의 동의와 교정 당국의 허가를 받아 그 실험을 촬영하기 위해 두 명의 촬영진을 아이오와로 데려갈 준비를 했다.

아이오와 주 교정국의 직원은 대부분 인구의 98퍼센트가량이 백인 앵글로색슨족인 그 주 출신이었다. 소수 집단 출신자는 인구의 3퍼센트도 안 되었지만, 이 주에서 교도소에 수감된 사람의 20 퍼센트 이상이 소수 집단 출신이었다. 비슷한 불균형은 다른 주에서도 나타난다. 아이오와에서 이 같은 불균형이 가져온 하나의 결과는 교도소를 운영하기 위해 고용된 소수 집단 출신자의 비율이 교도소에 투옥된 소수 집단 출신자의 비율보다 훨씬 낮다는 점이다. 잠재적 긴장이 가득한 상황이있다.

이러한 긴장을 최소화하고자, 교정국은 압도적으로 많은 백인 종사자가 소수 집단의 이슈와 관심사에 민감해지도록 하기 위한 프로그램을 제도화했다. 교정국 직원들에게 차별에 관한 워크숍을 진행하도록 제인 엘리어트를 고용한 것도 이 프로그램의 일환이었다. 실험은 1984년 7월에 아이오와 시의 한 모텔 컨퍼런스 센터에서 진행하기로 일정이 잡혔다. 참가자들이 사전에 들은 정보는 인간관계를 주제로 한 워크숍이 종일 열린다는 설명뿐이었다. 그날 아침 도착한 참가자 40명은 대부분 백인 남녀로 교도관, 감독관, 보호관찰과 가석방 담당자, 상담사, 교관, 요리사, 정비 담당자, 교도소 창고 관리인 등이었다.

"우리가 받은 교육은 대부분 강사가 일방적으로 가르치는 방식이었어요. 그런데 이번에는 교육에 참가하러 도착한 뒤 얼마 지나지 않아 뭔가 다를 거라고 의심하기 시작했죠." 교육에 참가한 남성 중 한 명이 이후에 말했다.

그 첫 번째 단서는 참가자들이 회의실 밖의 홀 입구에서 등록하고 명찰을 받을 때, 그들을 눈동자 색에 따라 그룹으로 나누는 것에서 나타났다. 푸른 눈의 사람들은 목에 두르라고 흉하게 생긴 녹색 깃을 받았고, 의자가 부족해 모두 다 앉을 수도 없는 홀의 한쪽 구석에서 기다리라는 말을 들었다. 갈색 눈의 사람들은 다른 곳으로 안내받아 흰색 천이 덮인 테이블 주위에 둘러앉아 커피와 스위트 롤을 먹으며 담소를 나누었다.

워크숍 시작 시간인 9시가 되자 갈색 눈의 사람들은 회의실 안으로 들어오라는 안내를 받았다. 푸른 눈의 사람들은 있던 장소에서 계속 대기하라는 말을 들었다. 화장실을 쓰려던 푸른 눈의 사람들은 문에 '갈색 눈 전용'이라고 적힌 표지를 마주쳤다. 담배를 피우려던 푸른 눈의 사람들도 사용 가능한 재떨이마다 같은 표지가 붙어 있는 것을 보았다.

회의실 안에는 의자가 앞쪽과 뒤쪽 구역으로 분리된 채 배치되었다. 엘리어트가 갈색 눈의 사람들에게 앉으라고 권한 앞쪽 구역에는 사람들이 다 앉고도 남을 만큼 의자가 충분했다. 푸른 눈의 사람들이 앉게 될 뒤쪽 구역에는 사람 수보다 의자가 모자랐다. 엘리어트는 어떤 일이 벌어질지에 대해 재빨리 갈색 눈의 사람들을 준비시키기 시작했다.

"이 실험은 저 혼자서 할 수 없어요. 여러분의 협조 없이는 안됩니다. 푸른 눈의 사람들이 곧 들어와 함께할 텐데요. 이 실험에는 그들에게만 적용하는 규칙이 있습니다. 푸른 눈의 사람들은 이 앞쪽의 비어 있는 의자에 앉을 수 없습니다. 그들이 여러분 옆에 앉도록 하지 마세요. 여러분은 그들을 신뢰할 수 없다는 걸 알고 있어요. 게다가 그들은 냄새도 고약하답니다. 모든 사람이 푸른 눈의 사람들에 대해 알고 있어요. 푸른 눈의 사람에게서 당신이 뭘 보게 될지 모르죠."

엘리어트는 그들 자신이 겪었을지도 모를, 푸른 눈을 기진 사람들의 열등함을 묘사해줄 수 있는 경험을 떠올려보라고 요구했다. 갈색 눈을 가진 사람 중에는 물론 워크숍에 참가하러 온 소수의 흑인도 섞여 있었는데, 이들은 실험에서 의도하는 역할을 빠르게 이해했다.

9시 20분이 되자 홀 입구에서 계속 대기 중인 푸른 눈의 사람들은 눈에 띄게 짜증이 난 기색이었다. 한 남자가 들어오라는 안내가 없어도 그냥 회의실에 밀치고 들어가자고 제안했다. 다른 사람은 이 자리를 떠나 집에 가야 한다고 했다. 아무도 꼼짝하지 않았다. "소신을 행동으로 옮길 용기가 있는 사람은 없는 것 같군요. 말만 많고 누구도 행동하지는 않아요." 한 여성이 말했다. 그러자 다른 여성이 의견을 제시했다. "우리 모두 아주 크게 노래를 부르면 어떨까요?" 한 남성이 제안했다. "〈우리 승리하리라(We Shall Overcome)〉 어때요." 이 말에 모두가 웃었지만 아무도 노래하지 않았다.

마침내 푸른 눈의 사람들도 회의실로 들어오라는 안내를 받았지만, 외투와 지갑을 뒤쪽 구석의 바닥 위에 놓고 오라는 말을 들었다. 회의실 앞쪽에 편안하게 앉아 있는 갈색 눈의 사람들은 외투와 지갑, 서류 가방을 모두 지닌 채였다.

앉을자리를 찾으려 두리번거리는 동안, 푸른 눈의 사람들은 벽에 붙어 있던 몇 가지 표지를 보았다. 그중 하나에는 이렇게 적혀 있었다. "내가 오직 하나의 삶만 살아야 한다면, 갈색 눈의 사람으로 살게 해주소서." 다른 표지는 이렇게 물었다. "당신의 자매가 푸른 눈의 사람과 결혼하기를 바라나요?" 이런 말도 있었다. "나는 편견으로부터 자유로운 사람입니다. 내 가장 친한 친구 중 몇몇은 푸른 눈의 사람들입니다."

뒤쪽 의자가 다 차서 푸른 눈의 사람들이 자리를 찾아 앞쪽으로 움직이기 시작하자 엘리어트는 앞쪽 자리엔 갈색 눈의 사람들만 앉을 수 있다고 단호하게 말했다. 푸른 눈을 가진 남자 한 명이 빈 의자를 뒤쪽으로 옮기려 시도했으나 엘리어트에게 의자를 제자리에 놔두라는 말을 들었고, 그는 그녀의 말대로 했다. 결국 푸른 눈의 사람들 몇 명은 뒤쪽에 서 있거나 바닥에 앉을 수밖에 없었다.

회의실이 조용해지자, 엘리어트는 푸른 눈의 사람들에게 말했다. "워크숍에 제시간에 왔더라면 여러분에게 유익했을 텐데 말이죠." 푸른 눈의 사람들은 홀에서 계속 기다려야 하는 상황에 짜증을 냈으면서도, 엘리어트의 이 말에는 아무도 대답하지 않았다. 매력적이고 잘 차려입은 푸른 눈의 여성이 껌을 씹고 있는 모습을 발견하자 엘리어트는 이렇게 말했다. "그 껌을 뱉는 게 당신에게도 이로울 거예요."

"난 갈래요." 그 여성이 경박하게 맞받았다.

"껌을 뱉어요." 엘리어트가 반복해서 말했다.

"난 갈 거예요." 여성이 조소하듯 내뱉었다.

"오늘 워크숍을 참석하는 것으로 급여를 받길 원하나요?" 엘리어트가 물었다.

여성이 고개를 끄덕였다.

"그러면 여기 있어요. 하지만 껌은 뱉어요."

"내겐 지갑이 없어요. 그래서 껌을 뱉을 데가 없어요." 그 여성이 애써 화를 참으며 말했다.

"나는 당신이 껌을 버릴 장소를 찾아낼 만큼은 창의적이라고 생각해요." 엘리어트가 말했다.

그 말에, 그녀는 입에서 껌을 꺼내더니 반항하듯 의자 밑에 붙여버렸다. 엘리어트는 그 모습을 조용히 바라보았고 회의실 앞쪽에 앉은 갈색 눈의 사람들에게 말했다. "저분이 껌을 어디에 붙였는지 여러분이 알아차렸기를 바랍니다." 두 사람의 설전을 지켜본 갈색 눈의 사람들은 모두 알고 있었다.

"푸른 눈의 사람들에겐 이런 문제가 있어요. 당신이 그들에게 뭔가 괜찮은 걸 줘도 그들은 그냥 망가뜨려버리죠." 이 말이 사람들 사이에 스며들도록 엘리어트는 잠시 말을 멈추었다가 덧붙였다. "여러분은 또 푸른 눈의 사람들이 이렇게 으스대느라 많은 시

간을 보낸다는 걸 알아차릴 거예요. '나를 봐. 내가 얼마나 귀여운
지 보렴. 난 사람들을 웃길 수 있어. 이런 농담을 할 줄 안다고. 이
거 재밌다, 나는 이게 재미있어.'"

"푸른 눈의 사람들이 보이는 또 다른 명백한 특징은 남의 말을
잘 듣지 않는다는 거예요." 엘리어트는 계속했다. 그리고 그녀가
'듣기 기술'이라고 이름 붙인 내용을 모두에게 받아 적게 했다. 첫
번째는 "잘 듣는 사람들은 손과 발과 입이 조용하다"였다.

뒤쪽에서 벽에 기댄 채 느긋하게 천장을 바라보던 푸른 눈의 남
자 한 명이 엘리어트의 주목을 끌었다. "모두 뒤쪽에 검은 재킷을
입은 남자를 한번 보시기 바랍니다." 그녀가 말했다. 모든 사람이
몸을 돌려 그를 바라보느라 바스락거리는 움직임이 일었다. "저
사람은 지금 '아무렇지도 않은 척하기' 게임을 하고 있어요. '당신
들은 아무도 나를 건드릴 수 없어, 나는 이 상황을 다스릴 수 있어.
이건 할 필요 없어. 이거 전체를 다 무시해버릴 거야' 하고 말이
죠." 그녀가 비꼬며 말했다.

검은 재킷을 입은 남자는 엘리어트를 바라보더니 바로 시선을
바닥으로 돌리고는 따분하고 짜증난다는 투로 손으로 얼굴을 쓸어
내렸다.

갈색 눈의 사람들이 엘리어트의 지시대로 네 번째 듣기 기술을
받아쓰느라 분주한 동안, 푸른 눈의 사람들 다수가 받아 적기를 하
지 않고 있다는 게 금세 드러났다. 엘리어트가 이를 지적하자 몇

명이 펜이나 연필을 회의실 뒤쪽의 외투나 지갑에 놓고 왔다고 대답했다. 엘리어트는 다른 사람의 연필을 빌려서 쓰라고 말했다.

검은 재킷을 입은 남자가 연필을 빌리려는 아무런 노력도 하지 않자 엘리어트는 다시 그를 지목했다. "선생님, 이걸 받아 적을 필요가 없다고 느낀다는 걸 알겠어요. 그러나 당신이 받아 적든 말든 아마 이걸 기억하게 될 거예요."

"펜을 빌릴 거예요." 남자가 말했다.

"잘 듣는 사람은 손과 발과 입이 조용하다. 이게 무슨 뜻인지 알아요?" 엘리어트가 물었다.

난처한 표정을 지으면서 그가 대답했다. "잘 모르겠는데요."

"그렇군요. 내가 설명해주길 바라나요?" 엘리어트가 말했다.

"괜찮아요. 연필을 빌려서 바로 받아 적을 거예요." 남자가 대꾸했다.

엘리어트는 이번에는 그 주변에 있던 사람들을 쳐다보며 말했다. "이봐요, 푸른 눈의 사람들! 여러분 중엔 연필을 갖고 있는 사람이 많아요. 누가 저분께 연필을 좀 빌려주겠어요? 아니면 그를 믿지 못해서 빌려주지 않는 건가요? 그건 이해할 만해요." 그러고서 갈색 눈의 사람들에게로 몸을 돌리더니 이렇게 물었다. "지난 10분간, 여러분은 푸른 눈의 사람들에 대해 무엇을 관찰했죠?"

키가 크고 잘생긴 흑인 남자가 입을 열었다. "푸른 눈의 사람들은 고집이 세고, 매우 자기중심적이며, 주변을 가능한 한 많이 통제하려고 해요. 내 말은, 사람에 대해서요. 매우 사려 깊지 못한 사람들이에요. 나는 심지어 선생님이 왜 애초에 그들을 이곳에 데리고 있는지도 모르겠어요."

"그들을 여기에 데리고 있는 이유는 그렇게 하라고 우리가 요구받았기 때문이에요." 엘리어트가 대답했다.

"우리가 그래야 한다는 거죠, 네?" 남자가 말했다.

"이건 당신이 참아야 하는 일 중 하나예요." 엘리어트가 덧붙였다.

실험이 지속되고 엘리어트가 계속 푸른 눈의 사람들을 열등한 사람으로 취급하자, 다른 갈색 눈의 남녀들도 여기에 동참했다. 갈색 눈의 백인 여성 한 명이 자신의 조카 두 명에 대해 이야기했는데, 한 명은 푸른 눈이고 다른 한 명은 갈색 눈이었다. "푸른 눈의 아이는 절대 자기 방 청소를 안 해요. 정말 게을러요. 에너지가 있는 것 같지도 않아요. 하지만 갈색 눈의 아이는 정말로 외향적이고, 운동을 좋아하는데 아주 잘해요. 걔가 훨씬 나은 아이 같아요. 만약 내가 아이를 갖게 되면, 아이들이 갈색 눈이었으면 좋겠어요."

"결혼했어요?" 엘리어트가 물었다.

"아뇨."

"그러면 아이가 없는 게 좋은 일이군요. 그렇죠?"

"맞아요."

"그렇지만 짝을 찾을 때 어떤 점을 봐야 할지 당신이 알겠죠?"

"물론이죠."

듣기 기술 받아쓰기를 마치자 엘리어트는 검은 재킷을 입은 남자, 누군가 로저(Roger)라고 부른 남자에게 첫 번째 것을 읽어보라고 시켰다.

"아직 종이에 적지 않았어요." 로저가 말했다.

"아, 왜 그렇죠?"

"받아 적을 연필을 아직 빌리지 못했어요."

"당신은 그게 불필요하다고 생각하죠?"

로저는 이런 실랑이에 이제 신물이 난 듯했다. "글쎄요. 지금 딱 이 순간엔, 예, 그래요." 그는 노골적으로 짜증을 드러내며 말했다.

"왜요?" 엘리어트가 물었다.

회의실 안의 사람들 대부분이 다시 몸을 돌려 그를 바라보았다. 로저는 뭐라고 대답해야 할지 몰라 당황한 채 머리를 가로저었다. 마침내, 그가 말했다. "글쎄요. 내용이 대부분 내 머릿속에 있어요."

하지만 엘리어트는 그만둘 태세가 아니었다. "당신 머릿속엔 그 내용을 넣어둘 공간이 충분히 많겠죠. 안 그래요, 친구? 그러면 그게 뭔지 나한테 말할 수 있겠죠?"

"손과 발을 가만히 두는 것과 관련돼 있어요. 내 기억에 따르면."

"그거랑 관련이 있어요." 엘리어트가 반복했다. 이 말을 듣고 푸른 눈의 사람 몇몇이 웃음을 터뜨리자 엘리어트는 재빨리 그들에게로 몸을 돌렸다. "우리가 여기 서서 다른 사람들이 이미 끝낸 일을 이 남자가 해주기를 기다려야 하는 상황이 재미있다니, 그것 참 흥미롭군요. 내 생각에도 굉장히 재미있어요. 멍청한 일이지만, 그래도 흥미롭네요." 그러고는 다시 한 번 갈색 눈의 사람들에게로 돌아서서 물었다. "권위를 가진 사람이 하라고 요청한 일을 어떤 사람이 계속 거부하는 상황에 처한다면, 여러분은 그 사람에 대해 무엇을 알게 될까요?"

"그들은 이걸 게임으로 받아들이나 봐요. 주목받고 싶은 거죠." 갈색 눈을 가진 양복 차림의 백인 남자가 나섰다.

"그렇게 해서 저 신사분이 뭘 얻었죠?" 엘리어트가 물었다.

"갈색 눈을 가진 사람들의 멸시죠."

"이게 여러분에게 입증해주는 게 있나요?"

"예, 그것이 바로 푸른 눈을 가진 사람들의 전형적 특징이라는 거죠."

엘리어트는 다시 한 번 로저를 향해 돌아섰다. "자, 이제 두 번째 듣기 기술을 읽어보세요."

"두 번째 듣기 기술은 적지 않았어요." 로저가 대답했다.

"두 번째 듣기 기술도 적지 않았다고요?"

"그래요."

"머릿속에 저장해두었다면서요." 엘리어트가 그가 한 말을 상기시켰다. "그 계획은 어찌되었죠?"

"첫 번째 것만 기억하고 있었어요. 두 번째 것은 아니에요." 로저가 말했다.

"오, 다른 세 개는 중요하지 않다?"

"글쎄요, 그것들도 아마 중요하겠죠." 로저가 마지못해 대꾸했다.

"하지만 당신이 받아 적을 만큼 중요하진 않다는 거겠죠. 안 그래요?"

"글쎄요. 중요해요. 나는 그것들을 받아 적었어야 했어요. 아마도요."

"아마도요?" 엘리어트가 그를 흉내 내어 말한 뒤 다시 갈색 눈의 사람들을 향해 돌아섰다. "이번엔 푸른 눈의 사람들에 대해 여러분이 이전에 몰랐던 것 중 무엇을 알게 됐나요?"

흑인 남자가 대답했다. "앞으로 푸른 눈의 사람들에게 뭔가 설명할 때는 갈색 눈의 사람들에게 설명할 때보다 조금 더 명백하게 말해야 할 것 같네요."

"내가 로저에게 듣기 기술을 몇 번이나 반복해야 했죠?" 엘리어트가 물었다.

남자는 로저를 향해 몸을 돌렸다. "저런, 우리 로저 형제가 오늘 힘든 시간을 보내고 있네요. 그렇지 않아요? 아마 힘든 시간이 여섯 번인가 일곱 번쯤이었어요."

이후 엘리어트는 일부러 미국 흑인에게 유리하도록 문항을 작성한 필기 시험지를 나누어주었다. 갈색 눈 그룹이 이 시험을 잘 보도록 확실히 해두려고 엘리어트는 푸른 눈의 사람들이 회의실에 들어오기 전에 갈색 눈의 사람들에게 정답의 절반을 미리 알려주었다. 시험이 끝나자 그녀는 갈색 눈의 사람들에게 모든 답안지를 채점하고 점수를 발표하도록 했다. 당연하게도 갈색 눈의 사람들은 모두 매우 좋은 점수를 받았다. 점수를 발표하던 도중, 엘리어트는 워크숍 초반에 껌을 씹던 여성과 두 번째로 맞붙게 됐다.

갈색 눈의 남자가 이름을 적는 난에 이니셜로 'K. R.'라고만 적힌 답안지는 겨우 11문제만 맞혔다고 전했다.

"K. R.? 이니셜만 있다고요? 성(姓)도 적지 않고요?" 엘리어트가 물었다.

"이름은 없어요." 남자가 대답했다. 그러자 초반에 껌을 씹던 여성이 일어나 그 답안지가 자기 것이니 달라고 말했다. 이 갈색 눈의 남자가 또 다른 답안지에 적힌 이름을 읽는 데 곤란을 겪자 다른 푸른 눈의 여성이 자신을 밝히고 그에게서 답안지를 받아갔다. 한 갈색 눈의 여성도 이름난에 단지 'E. 라일리(Riley)'라고만 적힌 답안지의 성적을 보고했다. E. 라일리는 앞의 두 여성 옆에 앉아 있던 푸른 눈의 여성이었다.

엘리어트는 이 세 명에게 말했다. "이봐요, 당신들의 행동이 푸른 눈의 사람들에 대한 이미지를 해치는 걸 보니 유감스럽군요. 거기 세 사람이 여성의 이미지를 해친 것에도 나는 정말 화가 나요. 당신들이 이렇게 뭘 대충대충 하는 행위는 여성에게 매우 불리하게 작용합니다. 나는 그 사실에 두 배로 분노합니다."

K. R.가 앞으로 몸을 기울였다. 그녀는 속이 뻔히 들여다보이도록 교양 있는 척하며 말했다. "선생님, 우리를 이름으로 불러주시면 정말 감사하겠습니다. 선생님이 '거기 세 사람'이라고 말씀하시면 선생님이 누구한테 말하는지 모르잖아요. 여기 있는 아무라도 해당되니까요."

그러자 엘리어트가 그녀의 조롱하는 투의 존칭을 따라 하며 말했다. "친애하는 참석자님, 내가 당신을 이름으로 불러주기를 바란다면 답안지에 이름을 썼어야죠."

"내 이름은 여기 있어요." K. R.가 정장 윗도리의 옷깃에 꽂은 이름 카드를 들어 올려 보였다.

"선생님은 내 답안지를 보지도 않으셨잖아요."

"답안지를 봐도 이름을 모르죠. 당신이 쓰지 않았으니까요." 엘리어트가 대답했다.

"맞아요."

"좋아요. 자, 그러면 당신이 답안지에 쓰지도 않을 만큼 당신 스스로 이름에 신경 쓰지 않는데, 어떻게 다른 사람이 당신 이름을 불러줄 수 있죠?" 엘리어트가 말했다.

"읽지도 못하나요?" K. R.는 다시 한 번 자기 이름 카드를 가리키며 또박또박 말했다.

"답안지에 이름도 쓰지 않았으면서 내가 그 이름 카드를 읽어줄 거라고 기대하지 말아요. 고의적으로 답안지에 이름을 쓰지 않아 놓고 거기 앉아서 '내 이름은 나한테 중요해' 하지 말라고요."

"나는 내 이름이 나한테 중요하다고 말한 기억이 없네요. 다만, 당신이 '거기 세 사람'이라고 말할 때 누구한테 하는 말인지 알고 싶다고 한 건 생각나요." K. R.가 싸늘한 표정을 지으며 말했다.

"그러면 당신은 어떻게 해야 하죠?"

"내 이름을 불러달라고 요구해야죠. 내가 그렇게 했잖아요."

"당신 이름은 어디에 있어야 하죠?"

"여기 있을 곳에 있어요." K. R.가 다시 한 번 이름 카드를 들어 올리며 말했다. "그리고 내 출생증명서에도 있고요."

"답안지에는 있나요?" 엘리어트가 물었다.

"아뇨. 선생님."

"출생증명서를 어디서 받죠?"

K. R.는 아주 잠깐 머뭇거렸다. "자판기에서 뽑아요."* 그녀는 빈정대는 말투로 톡 쏘아댔다. "당신과 마찬가지예요, 부인."

● 출생증명서는 병원에서 받고 모든 사람이 이를 알고 있지만, 엘리어트의 질문을 어리석어 보이게 만들려는 의도로 비꼬아 대답한 것

"당신 것은 아마 그랬나 보군요."

"적어도 나는 내 부모가 누군지는 알아요, 선생님." K. R.가 화 난 어투로 받아쳤다.

엘리어트는 갈색 눈의 사람들 가운데 한 동양 남자에게 물었다.

"그녀가 무례한가요?"

"예." 그가 대답했다.

"그녀가 사려 깊지 못한가요?"

"예."

"그녀가 비협조적인가요?"

"예."

"그녀가 남에게 모욕을 주나요?"

"예."

"지금 말한 모든 것이 우리가 푸른 눈의 사람들에 대해 그렇다 고 비판한 사항에 해당되나요?"

"예."

"우리가 옳았다는 걸 그녀가 보여주고 있나요?"

"예."

그러자 이번에는 K. R.의 저항에 고무된 듯한 푸른 눈의 남자가 목소리를 높였다. "훌륭한 푸른 눈의 사람들도 있는 거 아닙니까?"

● '너는 모르지?' 같은 뉘앙스가 들어 있는 독설

"모든 법칙엔 예외가 있게 마련이지요." 엘리어트가 대답했다.

"그러면 그 예외가 이 경우엔 뭐죠?" 남자가 집요하게 물었다.

"세상에는 훌륭한 푸른 눈의 사람도 소수 있어요." 엘리어트가 말했다.

"당신은 자신도 그들 중 한 명이라고 생각하나 보죠?" 푸른 눈의 여성이 물었다.

"아뇨." 엘리어트가 즉각 대답했다.

"그러면 왜 거기 서 있는 거죠?" 처음에 질문을 제기했던 푸른 눈의 남자가 물었다.

"난 푸른 눈을 가졌어요. 당신들과 나의 차이가 뭐냐면, 내 남편은 갈색 눈이고 아이들도 갈색 눈이에요. 그리고 나는 갈색 눈의 사회에서 어떻게 행동해야 하는지를 배웠어요. 그리고 당신이 충분히 갈색 눈의 사람들처럼 행동하면, 당신도 내가 있는 자리에 서 있을 수 있습니다."

엘리어트의 이 말은 명백히 K. R.에게 신물이 나는 소리였다. "나는 당신이 있는 자리에 있고 싶지 않아요." 그녀가 말했다.

"확실해요?" 엘리어트가 물었다.

"확실해요."

"당신이 있는 곳이 마음에 들어요?"

"나는 내가 처한 곳이 좋아요."

"당신이 있는 곳이 너무 좋으니까 답안지에 심지어 이름도 쓰지 않는군요."

"그럴 필요가 없으니까요, 부인." K. R.가 딱딱거리며 말했다.

K. R.가 엘리어트를 부인이라고 부른 게 이번이 두 번째였고, 이번에는 엘리어트도 알아차렸다. 갈색 눈의 사람들을 향해 엘리어트가 물었다.

"저분이 나를 '부인'이라고 부르는데, 이 말이 관심을 끄는군요. 그녀가 왜 그런다고 생각하나요? 나를 무시하는 건가요? 아니면 일부러 모욕하는 건가요?"

갈색 눈의 여성 한 명이 말했다. "일부러 모욕하려는 것 같네요."

"만약 무시하는 거라면 우리 중 많은 사람에게 '부인'은 경멸조의 말이라는 걸 그녀가 배워야 할 필요가 있어요. 전혀 달갑지 않아요. 사람을 깔아뭉개는 말이에요. 여성을 있던 자리에 묶어둘 때 쓰는 말이라고요." 엘리어트가 말했다.

"당신을 더 심한 말로 부를 수도 있어요. 당신한테 친절하게 대할 생각 없어요." K. R.가 받아쳤다.

"그러면 부인이라고 부른 게 당신으로서는 친절을 베푼 것이었다는 뜻인가요?" 엘리어트가 의심스럽다는 투로 물었다.

"네, 나는 누군가를 부인이라고 부르는 게 친절이라고 생각해요."

"그렇다면 당신의 문제는 남의 말을 무시하는 거네요."

"당신도 원하면 아무 때나 나를 '부인'이라고 불러도 돼요."

"나는 그런 짓을 당신한테 하지 않을 겁니다."

푸른 눈
198

"그렇겠죠. 안 할 거라는 거 알아요."

"안 할 거예요. 그리고 그게 당신 문제의 일부예요. 무엇이 성차별주의에 해당하는지, 그리고 여성을 있는 자리에 묶어두는 성차별주의에 당신이 얼마나 기여하는지에 대한 완전한 무지 말이죠."

"나는 내가 있는 자리가 좋아요, 부인." K. R.가 반격했다. 그러고 나서는, 자신이 무슨 말을 했는지 알아차리고 씩 웃으며 말했다. "내가 또 부인이라고 말했네요. 그렇죠?"

워크숍이 시작될 때 앞쪽에서 의자를 가져가려고 시도했던 푸른 눈의 남자가 처음으로 입을 열었다. "이 죄다 말도 안 되는 일들에 이제 진절머리가 나요."

"왜죠?" 엘리어트가 물었다.

"갈색 눈의 사람들은 우리랑 다를 게 하나도 없어요. 이런 말까지 하긴 싫지만, 그들은 잘못된 망상 따위를 갖고 있다고요."

"그들이 당신에게 지장을 주고 있나요?"

"아뇨, 당신이 그들을 매우 잘 훈련시켰어요. 아마 독일에서 나치 돌격대원을 훈련시켰을 때도 이렇게 했을 거라고 생각해요." 그러더니 회의실 앞쪽에 앉아 있는 갈색 눈의 사람들에게 비꼬듯 말을 걸었다. "거기 위에 앉아서 참 대단들 하십니다."

"오늘 여기서 벌어지는 일들이 나치 독일 시절과 같다고 느끼는 모양이죠?"

"그래요." 그가 말했다.

"여기가 나치 독일이라면, 당신들은 누구인가요?" 엘리어트가 손짓으로 푸른 눈의 그룹 전체를 가리키며 물었다.

"유대인요." 그가 대답했다.

오래전부터 엘리어트는 성인을 대상으로 교육할 때에는 학생들과 할 때처럼 시간도 충분하지 않거니와 그룹의 역할을 바꾸어 할 필요가 없다고 생각했다. 그래서 점심시간 이후 엘리어트는 교정국 직원들에게 워크숍의 1부가 끝났다고 발표했다. "오늘 아침에 있었던 일을 함께 이야기해봅시다." 그녀가 제안했다. 회의실을 가득 채웠던 긴장이 사라졌고, 몇 분 안에 푸른 눈의 사람들은 그날 실험을 어떻게 느꼈는지 그리고 그 이유가 무엇인지를 앞다퉈 묘사했다.

"오늘 아침의 실험에서 뭔가 배운 게 있나요?" 엘리어트가 로저에게 물었다.

로저는 검은 재킷을 벗고 이제 회의실 앞쪽에 앉아 있었다. "이 경험에서 나는 유리로 된 우리에 갇혀서 무기력한 기분이 어떤 것인지를 배웠다고 생각해요. 절망적이었어요. 화가 났어요. 소리 지르고 싶었지만, 소리를 지르면 공격받는다는 걸 알고 있었어요. 가망이 없다는 느낌, 암울한 기분이었어요." 로저가 말했다.

"전에도 그런 경험을 한 적이 있나요?"

"살면서 내가 그렇게 차별받아본 경험이 극히 드물다는 사실을 오늘 아침에 깨달았죠. 거의 없어요."

"그리고 한 시간 반 동안 그토록 불편했다는 말이죠?"

"처음 15분 만에 기분이 얼마나 불편해지는지를 알고 나도 놀랐다니까요."

"당신은 이 나라에서 흑인이나 소수 집단에 대해 조금이라도 공감할 수 있나요?"

"전보다는 더 잘 공감할 수 있을 거라고 생각해요."

나치 독일의 비유를 들었던 푸른 눈의 남자인 데이비드 스톡스버리(David Stokesbury)는 이렇게 말했다. "우리가 당신과 논쟁이라도 할라치면, 당신은 그 단순한 언쟁을 우리가 갈색 눈을 가진 사람들보다 못하다는 근거로 들이대죠. 그러니까, 이건 절대로 이길 수 없는 싸움이에요."

"그래요. 그런데 우리가 매일 그렇게 하고 있지 않나요?" 엘리어트가 물었다.

"네, 일부는 그렇죠." 그가 인정했다. "하지만 나는 내가 그렇게 비합리적인 사람이 되지 않기를 바라요. 아시다시피, 당신이 만들어낸 말들은 죄다 근거가 없는데, 우리는 논쟁도 못하잖아요. 우리가 문제를 제기하면 우리는 따지기 좋아하는 사람, 남의 말을 듣지 않는 사람, 제자리를 벗어나려고 하는 사람, 기타 등등이 되어버리니까요. 나는 그게 감당하기 어려웠어요. 그리고 또 나한테 절망적이었던 건 수수방관하는 다른 푸른 눈의 사람들이었어요. 여기 있

갈색 눈

201

는 우리 그룹은 이 모든 일에 반대할 만큼 충분히 목소리를 내지 않았다고 생각해요."

엘리어트가 고개를 끄덕이며 물었다. "왜 여러분은 서로 돕지 않았죠?" 그러고는 회의실의 절반을 가리키며 말했다. "이쪽 푸른 눈의 사람들은 그냥 앉아만 있었어요. 우리 터놓고 말해봅시다. 여러분은 그냥 몸을 사린 거잖아요. 그렇죠? 왜 그랬던 걸까요?"

조용히 앉아만 있었던 푸른 눈의 남자가 말을 받았다. "나는 그게 전반적인 문제를 보여주는 징후라고 생각해요. 아시다시피, 우리는 사회에서 그런 현상이 일반적인 걸 보잖아요. 몇몇 사람이 소란을 피우면 나머지 대다수는 뒤에 앉아서 그들이 뭘 하는지 보면서 기다리죠."

"내가 어떤 한 사람을 괴롭히고 있는 한 적어도 당신은 간섭받지 않을 수 있으니까요. 그렇죠?" 엘리어트가 말했다.

"맞아요."

"많은 사람이 그러는 것 같아요." 푸른 눈의 여자가 말했다. "일부 사람이 자신들을 위해 싸우게 하고 그들은 뒤로 물러서죠. 이렇게 그들 대신 싸우는 사람에게 승산이 있어 보이면 그제야 그의 편을 들겠죠. 하지만 만약 싸우던 사람이 질 것처럼 보이면 그들은 이쪽으로 다시 물러서겠죠. 그렇잖아요. 세상일이 그렇게 돌아가고 있어요."

조금전에 말했던 푸른 눈의 남자에게로 다시 돌아서서 엘리어트가 물었다. "당신이 인종차별주의에 맞서 뭔가를 해야 하는 실제 상황이라면, 공개적으로 나설 의사가 있나요?"

"어떻게 할지 나도 모르겠어요. 긴급함의 정도에 따라 달라지겠죠." 남자가 말했다.

"그래도 뭔가 하긴 할 건가요?"

"뭔가를 해야 할 거예요. 만약 뭔가 하지 않는다면 그날 밤 집에 가서 아이들 얼굴을 볼 낯이 없겠죠."

다른 그룹을 향해 돌아서면서 엘리어트가 물었다. "이 실험이 진행되는 동안 갈색 눈의 사람들은 어떤 느낌이었나요?"

"내가 푸른 눈이 아니라서 다행이라고 생각했죠." 한 남자가 재빨리 대답했다.

엘리어트가 고개를 끄덕였다. "제대로 된 눈 색깔을 가졌다는 안도감이군요."

"맞아요."

"그렇죠." 엘리어트가 말했다.

푸른 눈의 사람 중 훌륭한 사람도 있지 않느냐고 물었던 푸른 눈의 남자가 말했다. "나는 소수자가 되는 게 어떤 기분인지 이번에 정말로 이해했어요. 적어도 내가 이해했다고 느꼈어요."

K. R.는 아직 아무 말도 하지 않았다. "당신은 왜 그렇게 화가 났던 거죠?" 엘리어트가 그녀에게 물었다.

"우선, 이게 불합리했기 때문이에요. 두 번째로는, 내가 차별받는다고 느꼈기 때문이고요. 세 번째로, 이 방에 있는 모든 사람이 차별하고, 차별당하는 양쪽 측면 모두에서 차별을 다루었다고 생각해요. 삶에서 차별을 느끼기 위해 흑인도, 유대인도, 멕시코 사람도 또는 어느 누구도 될 필요가 없어요. 성인이 되면서 우리는 우리 안의 그런 감정을 다루는 법을 배워요. 도저히 탈출할 수 없는 상황에 스스로 처했다고 느끼면, 아까 우리가 그랬듯이 말이죠. 우리는 옴짝달싹못하는 청중이 되는 거죠. 이건 평범한 상황이 아니에요. 왜냐하면 대개 우리는 괴롭힘을 당하지 않으니까……."

그녀가 말을 멈추었는데, 아마도 많은 흑인이 처한 일반적 상황을 그 자신이 조금 전에 정확히 묘사했다는 것을 갑자기 깨달았기 때문인 듯했다.

"당신이 앞으로 계속 그런 식으로 살아야 한다면 어떨 거 같아요?" 엘리어트가 물었다.

K. R.가 고개를 가로저었다. "뭐라고 대답해야 할지 모르겠네요."

하지만 갈색 눈의 그룹에 속했던 흑인 여성 한 명은 뭐라고 대답해야 할지를 알았다. 그녀는 K. R.에게 이렇게 말했다. "당신은 매일 아침 내가 남들과 다르구나 생각하면서 눈을 뜨지는 않죠. 당신은 백인 여성으로 잠에서 깨어 8시든 언제든 일하러 가죠. 흑인은 아침에 일어나면서부터 자기가 흑인이라는 걸 알아요. 침대에서 일어나 거울을 보는 그 순간부터 말이죠. 그들은 어릴 때부터 씨름해온 문제와 매일 씨름해야 해요. 그러곤 깨닫게 되죠. '나는 남들과 다르구나. 나는 남들과 다른 방식으로 삶에 대처해야 해. 많은 일이 나한테는 다르게 벌어지니까.'"

그녀는 이어서 말했다. "그리고 나는 당신이 차별을 느껴보았노라고 진심으로 말할 수 있다고 생각하지 않아요. 아마 어떤 종류의 차별은 느꼈을지도 모르지요. 하지만 흑인 여성으로 사는 게 어떤지 당신은 몰라요. '내 말 좀 들어줘요. 내 견해도 들을 만한 거예요. 이봐요, 내가 지금 제공하려고 하는 것도 꽤 괜찮다고요' 라고 날마다 주장하고 말해야 하는 삶이 어떤지 모른다고요. 그리고 누구도 우리말을 들으려 하지 않죠. 왜냐하면 늘 백인이 옳으니까요. 세상일이 그래요."

골똘히 듣던 K. R.는 흑인 여성의 말이 끝나자 동의의 뜻으로 고개를 끄덕였다.

토론이 끝나자 엘리어트는 그들에게 학생을 대상으로 같은 수업을 한 경험을 간단히 들려주었다. 그리고 다큐멘터리 필름 〈폭풍의 눈〉을 틀어 수업의 진행 상황을 보여주었다. 더 많은 토론과 질문이 뒤따랐다. 그녀가 워크숍이 끝났다고 선언했는데도, 교정국 직원 중 많은 사람은 자리를 떠나지 않고 남아서 이야기를 계속했다. 그들 대부분은 이 실험을 주도한 엘리어트에게 고맙다고 말하는 걸 잊지 않았다.

14

믐

워크숍의 촬영에 관여하면서, 나는 카메라 앞에서 펼쳐지던 드라마에 휘말려 들어가지 않을 수 없었다. 엘리어트는 전에도 대부분 교사로 구성된 성인 그룹 70개 이상을 상대로 실험 수업을 진행해왔는데, 각각의 실험이 제각기 독특했음에도 성인 역시 이 실험에 학생들과 거의 비슷한 방식으로 반응한다고 결론을 내렸다. 내가 본 것은 그녀가 옳았음을 확인시켜주었다. 교정국 직원 가운데 푸른 눈을 가진 사람들은 내가 14년 전 엘리어트의 3학년 교실에서 처음 보았고 촬영한 모든 종류의 낙담, 침잠, 좌절감을 고스란히 겪었으며 심지어 더 크게 분노하는 모습까지 보여주었다. 그리고 실험이 끝났을 때, 성인들은 3학년 학생들과 상당히 비슷한 결론에 도달했다.

그러나 3학년 학생들과 달리, 열등하다고 간주된 성인들은 워크숍에서 벌어지는 일들이 그저 실험일 뿐임을 절대로 잊지 않는 것 같았다. 한순간도 그들은 스스로가 열등하다고 실제로 믿지 않았다. 그러나 그들은 엘리어트가 만든 인위적인 차별의 책략에 마치 그게 실제이기라도 한 듯 매 순간 얽혀 들어갔다. 그들이 무엇을 말하고 행동하든 간에 그것은 그들의 열등함을 입증하는 증거로 어떻게든 쓰였다. 데이비드 스톡스버리의 말처럼 그들이 '절대로 이길 수 없는 싸움'이었다.

이후 편집실에서 이 실험을 담은 필름을 다시 보며 나는 다양한 장면을 반복적으로 관찰할 수 있었는데, 그 회의실에서 일어났던 일들과 미국에서 차별의 현실이 아주 닮았다는 사실이 말 그대로 내 눈에 확 들어왔다. 엘리어트가 그들에게 쳐놓은 딜레마에 푸른 눈의 남녀가 보인 반응은 미국 흑인이나 다른 소수 집단의 반응을 정확하게 반영하고 있었다. 그 회의실은 인종차별적 사회의 축소판이나 다름없었다. 내가 들여다본 필름의 모든 곳에 현실 세계를 거울처럼 반영하는 이미지들이 있었다.

예를 들면, 푸른 눈의 사람 대다수는 스톡스버리가 불평했던 것처럼 가만히 있었을 뿐 아니라 자신들에게 주의를 집중시킬 수 있는 어떠한 일도 하지 않았다. 그들은 수업 중에 이름이 불리지 않기를 간절하게 바라는 학생들처럼, 눈에 띄지 않기를 바라는 태도로 일관했다. 각자가 그들 나름의 방식으로, 더 큰 집단 안에 익명으로 섞이려고 애쓰고 있었다.

심지어 결국엔 갈색 눈의 사람들을 나치 돌격대원처럼 훈련시켰다고 엘리어트에게 맞선 스톡스버리마저 대부분의 시간 동안 침묵을 지켰다. 로저가 곤경을 겪는 동안 로저 옆의 벽에 기대어 선 채, 그는 로저가 당하는 일에 개입하려는 아무런 시도도 하지 않았다. 그리고 이 모든 회피적 행동은 실험이 시작되기 전, 회의실 바깥의 홀에서 한 푸른 눈의 여성이 했던 말에서 이미 예고된 것이었다. "소신을 행동으로 옮길 용기가 있는 사람은 없는 것 같군요. 말만 많고 누구도 행동하지는 않아요."

K. R.가 최초로 저항한 사람이었지만, 그녀 역시 껌을 뱉으라고 엘리어트가 도발한 후에야 그렇게 했다. 껌을 의자 밑에 붙여버린 그녀의 대응은 그 회의실에서 일어난 최초의 작은 저항 행위였다.

이 실험을 촬영한 필름이 명백하게 보여주듯, 로저는 엘리어트가 눈치채기 전부터 쭉 '아무렇지도 않은 척하기'의 태도와 조용한 경멸을 드러내 보였다. 아마 대놓고 반대할 용기가 없는 부당한 차별에 직면해 그나마 자긍심을 지키기 위해서였을 것이다.

이후 엘리어트가 계속 몰아붙이자 로저는 그녀의 관심을 피하기 위해 다양한 전술을 구사했다. 그중 어느 것도 쓸모가 없었다. 나중에 자신이 어떻게 느꼈는지 묘사할 때 그는 고립되고 패배한 듯한 느낌을 말로 옮겼는데, 이는 많은 흑인의 경험을 상기시켰다. 그는 "유리로 된 우리에 갇힌 듯했고, 무기력하고, 화가 나고, 소리를 지르고 싶었지만, 소리를 지르면 공격받는다는 걸 알고 있는 기분"이었다고 했다.

필름을 꼼꼼히 들여다보면서, 나는 데이비드 스톡스버리가 "이 죄다 말도 안 되는 일들에 진절머리가 난다"고 선언하기 전까지는 아무도 이 실험의 전제, 즉 갈색 눈을 가진 사람이 푸른 눈을 가진 사람보다 우월하다는 전제에 이의를 제기하지 않았음을 깨달았다. 실험이 거의 끝날 무렵에 가서야 스톡스버리는 이를 노골적으로 말했다. "갈색 눈의 사람들은 우리랑 하나도 다를 게 없어요."

그 전까지 모든 반발은 개인적 공격에 대한 방어 양상을 띠었다. K. R.가 껌을 의자 밑에 붙인다거나, 로저가 듣기 기술을 받아 적는 게 불필요하다고 짜증스럽게 말한다거나, K. R.가 '거기 세 사람' 중 한 명으로 불리는 데 반발하거나 하는 식이었다. 심지어 푸른 눈을 가진 사람 중에도 훌륭한 사람이 있다고 생각하는지, 엘리어트가 스스로를 훌륭하다고 생각하는지 묻는 질문도 차별의 기초로 눈동자 색을 지적하긴 했지만, 실험의 밑바탕에 깔린 전제를 공격했다고 하기엔 너무 약했다.

나는 또 하나의 흥미로운 사실을 발견했다. 푸른 눈을 가진 사람 중 어느 누구도 갈색 눈을 가진 사람들의 차별적인 발언에 전혀 반응하지 않았다. 그나마 있었던 작은 저항도 모두 엘리어트를 향한 것이었다. 맨 마지막에 스톡스버리가 갈색 눈의 사람들 집단이 "잘못된 망상 따위를 갖고 있다"고 말했을 때에나, 갈색 눈을 가진 사람들이 협력해서 차별하고 있다는 사실이 언급되었을 뿐이다.

그건 마치 그들을 차별하는 갈색 눈의 사람들의 공모를 무시하고, 문제는 순전히 권력을 가졌고 비합리적인 단 한 명의 개인에게 있다고 가정하는 듯했다. 적어도 그들 스스로에게 그런 척하는 것 같았다. '유리로 된 우리에 갇힌 듯' 한 감정을 표현한 로저의 묘사는 인종차별로 피해를 당한 수많은 사람이 피부색이나 다른 신체적 특징으로 쉽게 식별 가능하다는 사실을 떠오르게 했다. 그들은 무리 속에서 쉽게 눈에 띄는 걸 피할 수 없었다. 이후 흑인 여성이 말한 것처럼, 그들은 '침대에서 일어나 거울을 보는' 그 순간부터 자신들이 다르게 생겼고 남과 다른 방식으로 살아야 한다는 사실을 알았다. 뭔가를 바꾸기엔 무기력하다는 로저의 기분, 그의 절망감도 여기에서 비롯되었다.

식별 가능하건 그렇지 않건 간에 다르다는 것 자체가 중요한 요소는 아니었다. 제인 엘리어트는 나중에 이렇게 지적했다. "다르다는 것이 문제가 아닙니다. 문제는 이 '다름'에 대한 다수 집단의 반응이죠. 다수 집단의 구성원이 다름을 부정적으로 보고, 자신들과 다른 사람들에게 부정적인 방식으로 반응하는 한, 인종차별주의나 성차별주의, 그리고 연령주의의 문제는 지속될 겁니다. 그 회의실에 있던 푸른 눈의 사람들을 받아들이는 문제가 그들이 얼마나 갈색 눈의 사람들처럼 행동할 수 있느냐에 근거하면 안 되었던 것처럼, 이 사회에서 소수자를 받아들이는 문제도 그들이 얼마나 백인처럼 행동할 수 있는지, 여성이 얼마나 남성처럼 행동할 수 있는지, 나이 든 사람들이 얼마나 젊어 보이거나 젊은이처럼 행동할 수 있는지에 근거해서는 안 됩니다."

푸른 눈의 사람들이 열등하다는 엘리어트의 주장에 맞서 논쟁을 벌이면 이 논쟁이 이후에 열등함의 증거로 쓰인다고 불평한 스톡스버리의 말은, 얼마나 자주 차별의 결과가 편견을 입증하는 증거로 거론되는지를 상기시켜주었다. 엘리어트가 몇 년 전에 말한 것처럼, 이는 아주 간단한 공식이었다. '집단을 고른다. 이 집단을 차별해 그들이 열등해 보이고 열등하게 행동하도록 만든다. 그런 다음 그 집단이 보이고 행동하는 방식을 열등감의 증거라고 지적한다.' 스톡스버리에게 좌절감을 안겨주고 그가 '절대 이길 수 없는 싸움'이라고 말하게끔 했던 건 이런 종류의 사고방식이 지닌 비합리성이었다.

한 푸른 눈의 남자가, 실제로 인종차별을 맞닥뜨린 상황이라면 그 자신이 뭔가 행동을 취해야 할 거라고, 그렇지 않으면 집에 가서 아이들의 얼굴을 똑바로 볼 낯이 없을 거라고 한 말은 더욱 흥미로웠다. 사실상 그는 인종차별주의에 적극적으로 기여할 기회가 거의 없는 아이들이 인종차별주의가 틀렸다는 걸 성인보다 더 잘 지각할 거라고, 또는 단순명료한 공정성이 규칙으로 지켜지지 않는 세상을 아이들이 성인보다 더 불편해한다고 말했던 것이 아닐까?

K. R.는 단지 특정한 소수자뿐 아니라 모든 사람이 차별을 경험하고, 성인이 되면서 그걸 어떻게 다루는지를 배운다고 믿는다는

말을 했다. 이 말은 '다른 집단은 장애를 잘 극복하는데 왜 이 집단은 그렇지 못하는가' 라고 말하는 것과 비슷하지 않은가? 그녀는 특히 차별 자체보다 자신이 묘사한 대로, 싫지만 가만히 있어야 하는 청중이 되어 괴롭힘을 당하는 상황을 불만스러워 했다. 그러나 그녀에게 대답한 한 흑인 여성이 간접적으로 지적했던 것처럼, 이 수동적인 청중 속에서 흑인은 평생 동안 매일 차별과 괴롭힘에 고통받고 있지 않은가?

엘리어트는 뭔가를 더 보았다. "K. R.는 또한 소수 집단의 구성원이 그녀처럼 '성장' 해서 성인다운 방식으로 차별을 '다루는' 일이 불가능하다고 말하는 것처럼 보였어요. 그녀가 소수 집단이 매일 겪는 것과 비슷한 상황에 놓였을 때, 자신이 심지어 두 시간조차 그 상황을 '다루는' 일이 불가능했다는 사실을 잊은 것 같았죠. 그녀는 상황을 '다루는' 대신 그녀가 확고하게 소수 집단의 반응 양식이라고 보았던 바로 그 방식대로 반응했어요. 글쎄요. 그녀가 자신의 감정과 행동으로부터 결론을 잘 이끌어낼 수 있었을지도 모르죠. 즉 소수 집단의 구성원이 차별에 반응하는 방식은 그들의 유전자에 새겨진 어떤 취약함의 결과가 아니라는 결론을 그녀가 얻었기를 바라요. 그것은 단지 인간이 자신이 어떻게 해볼 수 없는 이유 때문에, 정작 스스로에게 문제가 있다는 걸 인정할 줄 모르거나 인정하길 거부하는 사람들에게 불공정하게 취급받을 때 반응하는 방식이라는 걸 말이지요. 그녀가 그런 결론에 도달했기를 바랄

뿐입니다."

수업 이후 벌인 토론에서 이러한 점들을 전부 다루지는 않았지만, 사람들의 말을 종합해보면 실제로 많은 깨달음이 있었음은 분명했다. 그러나 1970년 엘리어트의 3학년 학생들처럼, 이 깨달음이 얼마나 오래 지속될지는 쉽게 알 수 없었다.

내가 꾸린 촬영진 두 팀의 몇몇 스태프가 워크숍이 끝난 뒤 조명을 철거하고 장비를 챙기러 왔을 때 그들은 실제로 보고 들은 것 이외에는 거의 말을 하지 않았다. 그들 중 일부는 석 달 전 라이스빌에서 미니 동창회를 촬영할 때에도 같이 있었다. 촬영하지 않는 시간 동안 그들은 엘리어트, 그녀의 가족과 친하게 지냈다. 그들은 이미 〈폭풍의 눈〉에서 엘리어트가 평소와 달리 실험 도중에는 학생들을 어떻게 대하는지 보았는데도, 그날 아침 엘리어트가 평소의 따뜻하고 재치 있는 여성에서 비타협적인 고집불통으로 스스로를 바꾸는 능력에 여전히 놀랐다. 그들 중 한두 명은 그날의 실험으로 자신의 태도도 바뀌었다고 내게 들려주었다.

한 시간 분량의 새 다큐멘터리 제목은 〈분열된 교실(A Class Divided)〉이다. 필름의 처음 절반은 1970년 엘리어트의 3학년 학생이었던 사람들의 미니 동창회를 다루었고 이전 다큐멘터리 〈폭풍의 눈〉에서 발췌한 몇몇 장면이 들어 있다. 나머지 절반은 엘리어트가 아이오와 교정국 직원을 대상으로 한 실험을 다루었다.

이 다큐멘터리는 1985년 3월 26일 PBS의 시리즈 〈프런트라인 (Frontline)〉에서 방송되었고, 이후 에미(Emmy)상과 다른 많은 상을 탔다. 방송 전, 한 평론가는 이 다큐멘터리를 두고 "눈을 뗄 수 없고, 아마도 당신의 삶을 바꿀 한 시간"이라고 칭찬했다. 역설적이게도, 이 다큐멘터리가 삶을 바꾼 사람 중에는 제인 엘리어트도 있었다.

방송이 나간 뒤 몇 주 이내에, 그녀는 여러 기관에서 직원들에게 이 수업을 가르쳐달라는 요청을 받기 시작했다. 처음엔 학교 수업 스케줄과 충돌하지 않는 요청만 받아들였다. 그러나 수요가 늘어나자 그녀가 학교 교실 안에서 가르칠지, 밖에서 가르칠지 둘 중 하나를 선택해야 한다는 사실이 명백해졌다. 과거에 둘 다 하려고 시도한 적이 있으나 라이스빌 교사를 대표하는 전미교육협회 (National Education Association)의 지역 지부가 그녀의 수업 일정 조정을 반대하고 나섰다. 결과적으로 협회 측과 학교 행정 당국이 충돌하는 양상이 빚어졌다. 그런 다툼이 또 벌어지는 것을 피하려고 엘리어트는 1986년 학교를 떠나 새로운 일을 하기 시작했다. 그 뒤 그녀는 더 많은 기관에서 차별 수업을 진행 중이며, 수업에 대한 수요는 계속 늘어나는 추세다. 그녀는 자신의 감독하에 이 실험을 수행할 사람들도 교육하기 시작했다.

그러는 동안 〈분열된 교실〉의 비디오카세트와 필름에 대한 수

요는 계속 늘어나서 초기 〈폭풍의 눈〉의 수요와 비슷해졌다. 이전 다큐멘터리처럼 〈분열된 교실〉도 교재 분야에서 베스트셀러가 되었다.

1968년 3학년 교실에서 시작된 일은 이후 계속 커져만 가는 원처럼 확산되었다. 〈분열된 교실〉에 담긴 미니 동창회에서 이제 청년이 된 엘리어트의 제자들이 했던 말은 이틀간의 차별 실험이 그들의 삶을 상당히 바꿔놓았음을 보여주었다. 그들은 인종차별주의, 그리고 모든 종류의 부당한 차별에 대해 확실한 예방주사를 맞은 젊은이들이었다.

나는 제인 엘리어트가 한 일이 조너스 소크(Jonas Salk)˙가 1950년대에 소아마비 백신을 개발한 것만큼 중요하다고 생각한다. 이제 아이들의 몸은 소아마비로 장애가 되지 않아도 된다. 이제 우리는 인종차별주의로 아이들의 마음에 장애가 생기는 것을 방지할 수 있다. 한 교사가 어떻게 그렇게 할 수 있는지를 우리에게 보여주었다. 남아 있는 유일한 질문은 우리가, 백신처럼 약간의 균을 포함하고 있는 그 처방을 어떻게 적용할 것이냐 하는 것이다.

● 미국의 예방의학자(1914~1995)로 소아마비 예방 백신인 '소크 백신'을 개발해 의료계의 선구자로 평가받는다.

추천의 글

"증오는 학습된다." 한때 유행했던 문구다. 이 말은 미국 아이들을 인종적 편견이라는 바이러스로부터 보호하는 과제를 이야기할 때마다 핵심처럼 거론됐다. 사람들은 만약 아이들이 피부색이 다른 사람을 거부하거나 대놓고 차별하는 것이 괜찮다고 배우지만 않는다면, 인종차별주의에 물들지 않을 수 있다고 생각했다. 이 같은 낙관적 관점이 교육과 관련해 암시하는 바는, 아이들이 다른 사람의 희망, 근심, 인간성에 대해 세심하게 배려하고 이를 표현하는 법을 배울 수 있다는 점이다. 이는 시민 인권 운동의 승리에 크게 기여했을 것이다.

불행하게도, 인종차별주의가 만연한 사회에서 아이들은 타인의 마음을 헤아리는 세심함보다 편견을 더 쉽게 배운다. 1954년 봄, 미국 대법원이 역사적인 '브라운 판결'에서 공립학교의 인종 분리 교육은 위헌이며 그처럼 조직적인 인종차별은 피해자에게 심리적 위해를 끼친다고 결정한 뒤, 사람들은 학교가 선두에 서서 미국 아이들을 인종차별주의로부터 구해낼 것이라고 기대했을는지도 모른다. 그러나 일은 그렇게 진행되지 않았다.

공립학교에서 인종 통합 교육을 실시하는 데에 대한 수많은 공무원, 학교 이사회, 부모, 교육자의 저항은 미국 사회에서 인종차별주의가 얼마나 뿌리 깊고 광범위한지를 여실히 보여주었다. 공립학교의 인종 통합 교육을 토대로 교사는 학생들에게 타자를 받아들이고 함께 살아가는 존재로서 인간의 공통점에 대해 가르칠 수 있는데도, 지속적인 인종차별주의는 그와 같은 기회를 가로막았다.

오히려 공립학교에서 사라지지 않은 인종 분리 교육은 이 중요한 교육기관을 인종차별과 사람을 해치는 행위가 지속되는 온상으로 만들었다. 대개 교사는 아이들에게 피부색이 다른 사람에게 가혹해도 된다고 직접 가르치지는 않는다. 그렇지만 교사의 침묵과 합리화는 학교의 인종 통합 교육에 반대하는 부모를 보고 자란 아이들 사이에서 적대감이 지속되는 현상을 암묵적으로 부추긴다.

● 1954년 미국의 인종차별 철폐에 큰 획을 그은 '브라운 대 토피카 교육위원회' 소송의 판결. 1951년 캔자스 주 토피카에 살던 흑인 올리브 브라운은 초등학교 3학년인 딸 린다가 집에서 1.6킬로미터 떨어진 흑인 학교 대신 가까운 백인 학교에 다닐 수 있도록 전학 신청을 했으나 거절당하자 소송을 제기했다. 소송이 시작된 지 3년 만에 미국 연방 대법원은 '공립학교의 인종차별은 위헌'이라는 판결을 내렸다.

제인 엘리어트의 '차별의 날' 실험, 그리고 그 결과를 기록한 윌리엄 피터스의 책《푸른 눈, 갈색 눈》은 아이들이 차별에 따른 깊은 상처를 이해하고 경험하게 하여 증오의 학습에 맞설 수 있음을 보여준다는 점에 가장 큰 의미가 있다. 이와 같은 이해는 아이들이 거부당하는 상황을 직접 겪으면서 얻을 수 있었는데, 이러한 경험은 나른 사람을 이해하는 인간적 감수성을 키우는 데 필수적인 첫 번째 단계다.

교사인 제인 엘리어트가 이 실험을 진행하면서 비록 일시적이나마 학생들에게 마음의 상처를 끼칠 위험, 그리고 학부모와 동료교사의 분노를 감수하는 데에는 대단한 용기와 헌신이 필요했다. 그러나 실험 결과와 이후 일어난 일들은 그 모든 것이 감수할 만한 가치가 있었다는 점을 보여준다.

가장 주목해야 할 결과는 이 사회적 실험이 아이들에게 끼친 긍정적 영향이 일시적이지 않다는 점이다. 제인 엘리어트와 윌리엄 피터스는 첫 번째 실험 이후 14년이 지난 뒤 학생들을 다시 만나 그들의 가치와 관점에 대해 토론할 좋은 기회를 얻었다.

이 학생들은 그들이 실험에서 습득한 태도, 감수성, 사회적 성숙을 그대로 유지하고 있음을 보여주었다. 그들은 이 충격적인 역할극을 초등학교 3학년 때 불과 며칠간 경험했을 뿐이지만, 인종차별적 태도와 공격은 그들이 속한 환경에서 흔하고 일상적인 일이다. 그럼에도 학생들이 역할극에서 겪은 개인적 상처와 거부당하는 경험은 이후 다른 사람과 공감하는 그들의 능력에 계속 긍정적 영향을 끼쳤다. 평범한 사람들의 마음의 탄력성을 입증한 이러한 실험 결과는 사회적 기관, 특히 학교가 아이들에게 다른 사람에 대한 증오와 학대를 멀리하도록 가르칠 수 있음을 보여준다. 아이들이 긍정적 태도와 자긍심을 갖게 되면서 학업 성취도가 향상되었다는 사실도 중요하다. 학생들은 다른 사람을 존중하는 마음을 갖게 되었을 뿐 아니라 자존감도 적극적으로 표현했다.

제인 엘리어트가 이 실험을 성인에게 적용해 아이오와 주 교정국 직원을 대상으로 실시한 워크숍은 우리에게 많은 질문거리를 남겼다. 이 워크숍에서 직원들은 반나절 동안 인위적으로 조작된 상황에 놓였다. 그들은 교사의 권위에 따르지 않았다. 그럼에도 그들이 보여준 반응은 제인 엘리어트의 3학년 학생들과 다르지 않았다. 열등하다는 말을 들은 사람들은 자신들이 받는 차별에 분개했다. 우월하다는 말을 듣고 특권을 부여받은 사람들은 일시적이고 피상적인 것에 불과한 지위를 즐겼다. 이 짧은 교육이 인종에 대한 그들의 태도에 어느 정도로 영향을 끼쳤는지는 알려지지 않았다.

제인 엘리어트가 어린 아이들과 함께한 실험, 이후의 후속 조치, 그리고 성인을 대상으로 진행한 실험 등은 교육적·사회적 기관으로서 학교가 사람들이 인종적 적대와 거부를 멀리하도록 교육하는 것이 가능하다는 사실을 보여준다. 이해와 헌신이 있다면, 이와 같은 인본주의적 목표를 달성하는 데 기여할 교육 프로그램들을 개발하고 실행할 수 있다. 인간이 타인을 향한 잔혹함과 배척에서 벗어나고 증오와 배타가 초래한 결과에 누구도 희생당하지 않도록 하는 것은 교육의 가장 중요한 목표다. 이 문제에 관심이 있고 제인 엘리어트, 윌리엄 피터스와 이런 목표를 공유할 만큼 성숙한 교육자는 진정한 인간적 가치를 달성하기 위한 체계적인 교육 프로그램을 다음과 같이 개발할 수 있다.

- 교사들은 교사 양성 과정에서 인간과 인종 간 관계의 토대, 중요성, 교육적 가치를 배워야 한다. 교과목이나 교수법에 통달해 자격을 부여받는 것만으로는 충분하지 않다. 교사들은 인지 기술과 인간에 대한 이해, 수용의 상관관계도 알아야 한다. 교사들은 말뿐 아니라 행동으로 학생들에게 이러한 인간적 가치를 가르치고 소통할 수 있어야 한다.
- 제인 엘리어트의 실험과 방법론은 초등학교, 중학교, 고등학교 등 다양한 수준에 맞도록 변경할 수 있을 것이다.
- 대학의 전공과 학과, 교육기관의 세분화된 전문 분야들도 인간적 감수성의 향상이라는 통합된 목표의 한 부분으로서 가르쳐야 한다.

전공은 교육기관의 피할 수 없는 목표다. 그러나 이 전공은 인간이 무지와 미신, 적대감, 그리고 또 다른 종류의 비인간성의 제약에서 벗어날 수 있도록 시야를 넓히고, 진실로 공감할 줄 아는 능력을 발달시키는 데에 기여할 수 있어야 한다. 윌리엄 피터스가 이 책에서 묘사했듯, 제인 엘리어트의 기여는 이해와 수용, 공감으로 하나가 된 사람들을 교육하고 길러내는 것이 가능하다는 사실을 보여주었다.

케네스 B. 클라크(Kenneth B. Clark)

● 미국 심리학자(1914~2005)로 1940년대 아이들 사이에 존재하는 인종적 편견을 밝혀낸 '인형 실험'을 처음 도입한 인물이다. 아이들에게 백인 인형과 백인 인형을 갈색으로 칠한 인형을 보여주고 어떤 인형을 더 좋아하는지 묻는 이 실험에서 모든 아이는 인종과 무관하게 백인 인형을 선호했으며, 인종 분리 교육을 하는 학교에 다니는 흑인 학생일수록 인종적 편견과 자기혐오가 내면화되었음이 밝혀졌다. 이 실험은 1954년 공립학교에서 인종 분리 교육이 위헌이라고 결정한 '브라운 판결'에도 영향을 끼쳤다.

다른 사람의 신발을 신고 걸어보기
- 옮긴이 후기와 해설

지금 당신의 손에 이 책이 들려 있게 된 사연은 열한 살 소녀가 서툰 솜씨로 그린 한 장의 그림에서 시작되었다. 도화지의 위쪽 절반에는 주먹만 한 글씨로 '다른 나라 사람을 차별하지 마세요'라고 쓰여 있다. 그 아래엔 덩치 큰 아이 세 명이 나란히 서서 혼자 동떨어진 작은 아이를 향해 소리친다. "저리 가! 너는 우리랑 달라!"

작은 아이는 이 세 명에게 맞서는 모양새로 이렇게 항변한다. "아니야! 나는 너희와 같아."

작은 아이의 모델이자 그림을 그린 소녀는 한국인 아버지와 베트남인 어머니를 둔 다문화가정의 아이다. 내가 이 그림을 본 것은 2010년 가을, 우연한 계기로 비영리 단체인 세이브더칠드런에서 일하기 시작한 직후였다. 단체 연구진이 유엔아동권리위원회에 제

출할 보고서를 작성하려고 자료 수집을 이미 마친 프로젝트에 뒤늦게 합류한 뒤 그림을 그린 아이의 동영상 인터뷰도 보게 되었는데, 또랑또랑한 눈빛의 소녀는 이렇게 말했다.

"너는 우리랑 다르다고 막 얘기하고… 어렸을 때요. 제가 발음이 많이 이상했는데, 그러다 보니까 애들이 (나더러) '너 우리랑 같은 사람 아니지? 저리 가' 라고 하고, 만날 놀리고 그랬는데… (학교에서) 다문화가정인 사람 손들라고 만날 그러잖아요. 그럼 저밖에 손드는 애가 없잖아요. 그러면 애들이 '쟤 다문화가정인가 봐' 어쩌고저쩌고해요."

이 아이는 "똑같은 사람이고 말만 다를 뿐인데, 다문화가정이라는 말은 필요도 없고(듣기) 싫다"고 했다. 다문화가족지원법이라는 법률도 있고 지방자치단체마다 다문화가족지원센터가 있기에 다문화가 가치중립적 개념으로 쓰이고 있으려니 했던 나로서는 다소 의외였다.

그러고서 며칠 뒤에는 단체 활동가들에게 인천의 한 초등학교에서 아이들의 동아리 활동을 지원했던 경험을 듣게 되었다. 동아리 아이들이 직접 같은 학교 학생을 대상으로 다문화와 관련한 설문조사를 했는데, '평소 다문화가정의 아동 하면 떠오르는 단어를 두 개만 적어보라' 는 주관식 질문이 있었다. 가장 많이 나온 대답은 이랬다. "따돌림, 더럽다, 외모, 의사소통, 아프리카, 초콜릿, 짜장면, 흑인, 불행……"

이 학교 학생 중엔 외모로 금방 알아차릴 수 있는 다문화가정 아이는 없다고 했다. 설문에 응답한 학생들이 다문화가정 아이를 직접 본 적이 있건 없건 간에 '다문화'라는 개념 자체에 따라붙는 편견의 리스트가 놀라웠다.

내가 차별과 편견의 문제에 관심을 갖게 된 것은 이 두 사례를 접하고 난 뒤부터다. 말투나 피부색처럼 단순한 특징으로 '너는 다르다'라고 판단하고 이에 근거해 쉽게 차별하며 완강한 편견을 갖는 마음의 구조는 어디에서 비롯됐을까? 사방에서 다문화 사회를 말하지만, 한국 사회는 정말 다양해지고 있는 걸까?

의문을 안고 자료를 뒤지던 중, 이 책의 주인공 제인 엘리어트의 실험을 접하게 되었다. 엘리어트의 실험에서 핵심 주제인 '차별당하는 사람의 마음 공감하기'를 응용한 프로젝트를 만들 수 있을지 고민하기 시작했고, 〈한겨레신문〉의 오피니언 사이트 '훅 (hook)'에 그 내용을 글로 썼다. 그 뒤 초등학교에 찾아가 엘리어트의 실험을 응용한 연극 수업을 진행하고 이를 바탕으로 공연할 연극 작품을 만들 무렵, 한겨레출판의 눈 밝은 편집자께서 이 책을 찾아내 번역과 해설을 제안해왔다.

그러니까 당신이 지금 이 글을 읽는 것은 '다문화'라고 놀림받는 게 얼마나 가슴에 맺혔던지 그림을 그리고도 모자라 도화지 오른쪽 위 귀퉁이에 별표를 치고 '중요'라고 적어놓았던 소녀가 맺어준 인연이다. 우리는 그렇게 연결되어 있다. 그 연결의 끈을 통해 다가온 당신에게, 나는 이런 질문을 던지고 싶다. 1960년대 미국에서 시작된 제인 엘리어트의 실험이 21세기 한국과 무슨 상관이 있을까? 차별은 오로지 나쁜 환경의 영향에서 비롯된 비뚤어진 마음일 뿐인가? 나는, 그리고 당신은 차별 따위 하지 않는 사람인데 왜 차별에 대해 생각해야 할까?

《푸른 눈, 갈색 눈》 이후의 제인 엘리어트

이 책을 우리말로 옮기면서 가장 인상적이었던 점은 제인 엘리어트가 스무 명 남짓한 아이를 대상으로 '차별의 날' 수업을 준비하고 실행하면서 고심을 거듭하고 번민했던 흔적이었다. 스스로 여태까지 해본 일 중 가장 불쾌한 경험이었다고 말하면서도, 한 번의 실험이 아이들과 마을 사람들의 태도를 바꿀 수 있으리라 기대하지 않았다면서도, 가족이 폭력을 당하는 수모를 겪으면서도, 텅 빈 교실에서 혼자 울지언정 그녀는 포기하지 않았다. 다른 사람이 평생을 살아야 하는 삶을 아이들이 단 하루라도 살아보게 하고, 그렇게 해서라도 한 집단을 향한 다른 집단의 무분별한 차별과 증오의 두터운 관념에 균열을 내고 싶었던 그녀의 의지가 놀라웠다.

아쉽게도 이 책은 엘리어트가 1986년 교사를 그만두고 다양한 기관에서 차별 수업을 시작했다는 소식을 전하는 데에서 끝난다. 이후 엘리어트가 살아온 궤적이 궁금해 번역을 마친 뒤 인터넷을 뒤져보았다.

엘리어트는 오늘날 보편화한 다양성 교육(Diversity Training)의 선구자로 평가받는다. 라이스빌의 학교를 떠난 뒤 그녀는 주로 기업, 정부 기관, 대학에서 성인을 상대로 다양성 교육을 해왔다. 1990년대 들어 국제 이주의 증가로 민족적 배경이 서로 다른 사람들이 한 회사에서 일하는 경우가 많아짐에 따라, 다양성 교육에 대한 수요도 폭발적으로 늘어났다. 엘리어트는 TV 쇼인 〈오프라 윈프리 쇼〉에 여러 차례 출연해 더욱 유명해졌고, 미국 전역뿐 아니라 호주, 캐나다, 독일, 네덜란드, 영국, 사우디아라비아 등 세계를 누비며 교육을 진행했다. 은퇴를 일찍 한 것 같지도 않다. 엘리어트가 1933년생이니 2012년 현재 79세인데, 불과 3년 전에도 그녀가 다양성 교육을 진행한 사례를 인터넷에서 쉽게 찾을 수 있었다. 이 책의 저자가 했던 것처럼 그녀의 실험을 영상에 담으려는 시도도 잇따라서 2001년 호주, 2009년 영국에서 TV 다큐멘터리가 제작됐다.

엘리어트가 차별 실험을 시작한 1968년과 세상이 많이 달라졌지만, 그녀는 여전히 차별의 기본 구조는 같다고 보았다. 2002년 미국 공영방송 PBS와 한 인터뷰에서 엘리어트는 "세계 어디에서나 실험 결과가 똑같았다. 올해 스코틀랜드에서 한 실험 결과가

1968년 라이스빌에서 아이들과 했던 실험 결과와 다르지 않아서 좌절했다"라고 개탄했다. 그녀는 미국에서처럼 유럽의 백인도 유색인을 차별하면서 자신들이 인종차별주의자임을 부정한다고 지적했다. 21세기 들어 많은 이들이 이제 인종차별주의가 사라졌다고 말하지만 그렇게 말하는 사람들은 대부분 실제로 차별을 겪어보지 않은 백인이라는 것이다.

인종차별에 관한 한, 비타협적 투사인 엘리어트는 여전히 비장했다. 그녀는 실험을 할 때마다 편두통을 앓았고, 21세기에도 이런 교육이 필요한 상황을 혐오한다고 했다. 1968년 이후 평생 백인의 마음을 불편하게 만들며 살아왔으니 그녀가 얼마나 백인의 미움을 샀을지는 짐작이 가고도 남는다. 라이스빌에서 그녀가 가르친 학생들 사이에서 엘리어트는 영웅이지만 주민들에게는 증오의 대상이었다. 라이스빌 전체를 인종차별주의자의 마을인 것처럼 만들어놨다는 이유로 주민들은 오늘날까지 그녀에게 좋지 않은 감정을 품고 있다고 한다. 엘리어트는 살해 위협도 여러 차례 당했다. 1970년대 중반 시카고에서는 그녀의 실험에 격분한 백인들에게 살해 협박을 당하는 바람에 한밤중에 흑인들의 도움을 받아 마을을 탈출했다. 다양성 교육을 진행하는 도중 백인 남자에게 칼로 위협당하는 일도 있었다.

엘리어트의 실험과 관련한 논란이 끊이지 않는 이유가 백인의 불편한 심기를 건드렸기 때문만은 아니다. 되레 주된 논란은 실험의 방식을 둘러싸고 벌어졌다. 참가자들에게 미리 알리지 않고 그들을 불편한 상황에 몰아넣는 설정이 비윤리적이라는 지적도 있었고, 고압적인 태도로 개개인을 지목해가며 가혹하게 대하는 진행 방식도 비판받았다.

나도 이번에 책을 번역하면서, 아이들에 대한 엘리어트의 의도적 차별이 그저 한 그룹을 조금 편애하는 차원이 아니라 아이들이 받을 상처가 걱정될 정도로 집요하다는 데에 깜짝 놀랐다. 엘리어트는 아이들이 자기도 모르는 사이에 제공하는 사소한 단서들을 절대로 놓치는 법이 없었다. 남보다 책을 늦게 펴면 바로 "갈색 눈의 사람을 기다리다 시간을 얼마나 많이 낭비하는지 아느냐"라며 공격했고, 푸른 눈의 아이가 안경을 가져오지 않으면 "갈색 눈의 아이는 절대 안경 가져오는 걸 잊어버리지 않는다"라고 비교했다. 심지어 브라이언 샐타우를 때린 아버지의 눈동자 색까지 들먹이며 차별의 상황을 만들어내는 모습을 보면서 저렇게까지 해도 되나 걱정될 정도였다. 교사와 학생 사이의 신뢰가 두텁지 않으면 실험 이후 심리적 회복 과정이 쉽지 않겠다는 우려도 들었다.

시대적 변화를 무시한다는 비판도 만만치 않았다. 예를 들면, 2009년 영국 TV 방송 채널 4가 촬영한 엘리어트의 실험은 그다지 성공적이지 못했다. 이 실험에는 다양한 민족 · 인종적 배경의 성인들이 참여했는데, '열등한 그룹'은 반발했고 '우월한 그룹'은 차별하는 일에 별 관심을 보이지 않았다. 게다가 푸른 눈을 가진 사람은 모두 백인인 반면 갈색 눈을 가진 사람 중엔 백인이 없었기 때문에, 눈동자의 색이 더 이상 인종을 암시하는 은유나 상징이 아니라 인종에 대한 직접적인 언급이 되어버렸다. 영국의 언론은 인종 대립이 미국처럼 심하지 않은 영국에서 1960년대 미국의 방식을 적용하는 것이 무리라고 지적하기도 했다.

더 나아가 엘리어트가 시동을 건 다양성 교육이 과연 효과적인지도 논쟁거리다. 장기적 효과를 측정하기가 어려운 데다, 차이를 강조함으로써 사람들을 가깝게 하기보다 멀어지게 한다는 지적도 많다. 노련한 강사가 이끌지 않을 경우 소수자를 과민하게 만들기도 하며, 다수자에게 죄책감을 갖도록 함으로써 되레 이들이 실제로 소수자를 적대시하는 역효과도 생겨난다. 엘리어트 자신도 숙련되지 않은 교사가 이 실험을 진행해서는 안 된다고 경고해왔다.

엘리어트의 실험이 차별을 줄이는 데에 얼마나 기여했는지를 평가하는 학술적 연구도 하나의 결론으로 모아지지 않는다. 스트레스를 가중시킬 뿐이라는 비판이 있는가 하면, 이 책에서 소개한 것처럼 실험을 한 지 3년 뒤 측정한 결과 이 교육을 받은 학생들이 그렇지 않은 또래에 비해 훨씬 인종차별적 태도가 덜하다는 긍정적 반응도 있다.

이처럼 논란과 한계가 많음에도, 나는 엘리어트의 실험이 그저 30여 년 전 미국에서 있었던 특이한 시도라고 치부하기엔 우리에게 던지는 시사점이 크다고 생각한다. 즉 이 실험은 사람들이 어떤 때에 '우리'와 '그들'을 나누어 '그들'을 차별하기 시작하는지를 선명하게 보여주었고, 구체적 방식이야 다를지언정 그렇게 차별하는 마음의 구조를 바꿀 수 있는 길 하나를 열어주었다.

'그들'과 '우리' 사이, 경계 만들기와 지우기

엘리어트의 실험에서 내 눈에 가장 두드러졌던 것은 호칭을 둘러싼 다툼이었다.

초등학교 3학년 아이들을 대상으로 차별 실험 수업을 하던 첫날, 아이들 사이에서 주먹다짐이 벌어졌다. 그날 우월한 그룹인 푸른 눈을 가진 아이가 열등하다고 낙인찍힌 갈색 눈의 친구를 이름 대신 "야, 갈색 눈!"이라고 불렀기 때문이다. 성인 대상 실험에서도 마찬가지였다. 아이오와 주 교정국 직원을 대상으로 한 실험에서, 차별당하는 처지에 놓였던 푸른 눈의 여성은 엘리어트가 "거기 세 사람"이라고 부르자 "나한테도 이름이 있다. 내 이름을 불러달라"고 거세게 반발했다.

사람들을 '푸른 눈'과 '갈색 눈'으로 나누지 않았다면, 누가 '우리'고 누가 '그들'인지 분리하지 않았다면, 한 번도 싸운 적이 없던 아이들이 친구를 "야, 갈색 눈!"이라고 부르는 일도, 그렇게 불렀다고 친구를 때리는 일도, "나에게도 이름이 있다"라고 반발하는 일도 일어나지 않았을 것이다.

일단 '우리'와 '그들'이 나뉘면 사람들은 신속하게 '그들'에 대한 고정관념을 만들어내는 경향이 있다. '우리' 집단의 구성원에 대해서는 개별성과 개인이 처한 상황의 맥락을 고려하지만 '그들' 집단에 대해선 개별성을 생각하지 않는다. 그냥 '그들'일 뿐이다. 개개인이 모두 다르고 각양각색인데도 피부색이나 종교, 출신 국가, 경제적 지위처럼 그들은 모두 똑같다는 걸 암시하는 쉬운 표지를 발견하면 개개인의 차이에 신경 쓰지 않는다. 그러니 눈동자 색에 따라 일부러 그룹을 나누든 "다문화가정은 손들어"라는 지시에 따른 것이든 나와 다르다는 구분을 발견한 순간, 어제까지 친구였던 내 짝의 이름이 사라지고 '갈색 눈' 또는 '다문화'가 된다. 2010년 국가인권위원회가 실시한 '이주 아동의 교육권 실태조사'에서도 아이들에게 학교에서 차별받은 경우를 묻자, 피부색과 발음 때문에 놀림받은 경험과 함께 이름 대신 출신 국가에 따라 "야, 몽골", "야, 베트콩"으로 불렸다고 털어놓았다.

이렇게 '우리'와 '그들'을 나누고 '그들'을 차별하는 행위는 눈동자 색, 출신 국가, 피부색처럼 금방 눈에 띄는 차이에 따른 것만도 아니다. 구분 자체가 사소하고 황당해도 일단 한 집단으로 묶이면 사람들은 자기가 속한 집단을 선호하고 다른 집단을 차별하는 속성을 나타낸다. 영국의 사회심리학자 헨리 타즈펠(Henri Tajfel)의 집단 구분에 관한 유명한 실험이 이를 보여준다. 연구진은 피실험자인 학생들에게 파울 클레(Paul Klee)와 바실리 칸딘스키(Wassily Kandinsky)의 그림을 보여준 뒤 마음에 든다고 응답한 그림에 따라 이들을 '클레 그룹'과 '칸딘스키 그룹'으로 나누었다. 그런 다음 학생들에게 실험 참가비를 나눠주는 일을 도와달라고 요청했다. 클레나 칸딘스키가 누군지 모르는 학생도 많은 데다, 모든 구성원에게 해당되고 오래 지속될 만한 특징도 없는 무의미한 집단이다. 게다가 학생들은 같은 그룹의 누구와도 말을 할 수 없었고 서로 얼굴도 몰랐다. 그런데도 실험 결과 학생들은 자기가 속한 집단의 구성원에게 유리하게 비용을 책정했다. 같은 그림을 선택했다는 사소한 이유가 학생들로 하여금 우리 편과 그들 편을 가르는 계기로 작용한 것이다. 눈동자 색 혹은 그림이 아니라 동전을 던져 나오는 앞뒷면에 따라 그룹을 나눠도 마찬가지다. 아무리 의미 없는 구분이더라도 분류하는 행위 자체가 사람들로 하여금 편을 가르고 자기편을 선호하며 상대편에게 불이익을 주도록 만드는 계기가 된다.

특별히 편 가르기 성향이 발달한 사람들만 이런 집단의 구분을 일삼는 것은 아닌 듯하다. 사람이 선량하고 나쁘고의 문제도 아니다. 외면할 수 없는 불편한 진실은 이렇게 '우리'와 '그들'을 나누는 속성이 군집해서만 살아갈 수 있는 인간의 진화 과정에서 비롯된 본능적 정서이기도 하다는 것이다. 역사를 통틀어, 그리고 인류학적 조사에서도 '우리'와 '그들'을 구분하지 않은 사람들은 없었다. 사람들은 '우리'와 '그들'을 구분하기 위해 언제나 가장 쉽게 인식할 수 있는 차이에 의존해왔다. 피부색처럼 생각할 필요 없는 간단한 표지가 생각하고 배워야 하는 개념보다 훨씬 빠르게 작동한다. 여기에 각 집단이 오랫동안 처해 있던 사회적·경제적 지위가 덧붙여져 고정관념이 형성된다.

이런 고정관념은 아이들 사이에서도 만연해 있다. 일례로, 세이브더칠드런은 2011년 봄 서울의 한 초등학교에서 차별 방지를 위한 연극 수업을 시작할 때 약식 조사를 해보았다. 4학년 아이들에게 "영화배우 캐스팅 제안이 들어왔으니 함께 배역을 골라보자"라고 제안하면서 백인, 아시아인, 흑인의 사진을 각각 보여주었다. 필요한 배역은 사장과 걸인, 악마와 천사였다. 캐스팅 결과 아이들은 거의 예외 없이 악마에 흑인 남성, 사장에 백인 남성, 천사에 백인 여성, 걸인에 아시아 여성을 골랐다. 아시아 여성에 대해선 "가난하게 생겨서"가 이유였고, 흑인 남성은 "무섭게 생겨서", "손에 총을 들고 있어서(총이 아니라 카메라였다)" 악마로 골랐다.

피부색에 근거한 편견은 더 이른 나이인 네다섯 살 또래에서도 나타난다. 2010년 미국 TV 방송 CNN은 시카고 대학의 아동심리학자 마거릿 빌 스펜서(Margaret Beale Spencer) 교수에게 의뢰해 인종에 대한 아이들의 태도를 조사했다. 1947년의 유명한 인형 실험을 재연해서 인종에 대한 아이들의 태도가 얼마나 달라졌는지를 보려는 의도였다. 1940년대에 인형 실험을 했던 학자는 이 책의 추천사를 쓴 케네스 클라크(Kenneth Clark) 부부다. 클라크 부부는 흑인 아이들에게 백인 인형과 (그 당시엔 흑인 인형이 없었으므로) 백인 인형을 갈색으로 칠한 인형을 보여주고 뭘 좋아하는지 선호도를 조사했다. 그 결과 흑인 아이들 사이에서도 흑인 인형 혐오와 백인 인형 선호가 압도적인 것으로 나타났다. 인종 분리 교육을 하는 학교에 다니는 흑인 학생일수록 인종적 편견과 자기혐오가 내면화되었음이 밝혀졌다. 이 실험은 1954년 공립학교에서 인종 분리 교육이 위헌이라고 결정한 브라운 판결에도 큰 영향을 끼쳤다.

CNN의 조사는 그로부터 60년 넘게 세월이 흐르고 미국 최초로 흑인 대통령이 탄생한 지 1년이 지난 시점에 진행되었다. 인종에 대한 아이들의 고정관념은 얼마나 달라졌을까? 실험은 8개 학교에서 4~5세와 9~10세의 두 그룹을 대상으로 진행했고, 백인에서 흑인까지 피부색만 다를 뿐 얼굴 생김새와 옷차림이 똑같은 다섯 명의 아이 그림을 보여주며 누가 착해 보이고 누가 나빠 보이는지를 묻는 방식이었다. 그 결과, 백인 아이들은 두드러지게 백인 선호도를 보였고, 흑인 아이들도 정도는 덜했지만 백인을 선호하는 태도를 나타냈다. 아이들은 흑인이 나쁘다고 응답했는데, 그 이유를 묻자 "피부가 검기 때문"이라고 답했다. 백인 아이들은 하얀 피부색을 긍정적 특징과, 검은 피부색을 부정적 특징과 연결시켰다. 흑인 아이들도 마찬가지였다. 네다섯 살만 그런 게 아니라 열 살을 대상으로 한 조사에서도 결과는 같았다.

인종차별을 극복하려는 제도적 노력을 오랜 세월에 걸쳐 해왔고 흑인 대통령이 나온 뒤인데도 여전히 대다수 아이가 인종적 편견을 갖고 있다는 실험 결과는 꽤나 놀라운 것이어서 인터넷에서 한동안 화젯거리였다. 그러나 이 실험의 핵심은 모든 아이가 고정관념을 갖는다는 사실 자체가 아니라 백인 아이들이 흑인 아이들보다 훨씬 강한 고정관념을 갖고 있다는 데에 있다.

이 차이는 어디에서 비롯됐을까? 여러 요인이 있겠지만, 스펜서 교수는 가장 큰 이유가 부모의 태도가 다르기 때문일 거라고 추정했다. 백인 부모는 자녀에게 피부색으로 사람을 판단하는 태도의 위험성을 가르치지 않는다. 살아가면서 피부색이 문제가 될 가능성이 없기 때문이다. 반면 흑인 부모는 피부색 때문에 사회의 차별과 편견으로 자녀가 상처받을 가능성을 의식하기에 아이들과 인종 문제에 대해 자주 이야기한다. 2007년 학술 저널 〈결혼과 가족(Journal of Marriage and Family)〉에 실린 연구 결과에 따르면, 유치원에 다니는 자녀를 둔 백인 부모의 75퍼센트는 인종을 주제로 자녀와 이야기를 나눈 적이 한 번도 없다고 답한 반면, 같은 연령대의 자녀를 둔 흑인 부모는 75퍼센트가 인종 문제에 대해 자녀와 이야기해본 적이 있다고 응답했다.

백인 부모에게 인종차별은 지나간 과거이자 그들과 상관없는 이야기다. 제도적으로는 인종 간 평등이 정착되었으므로 아이들에게 군이 그런 이야기를 하지 않아도 차별할 일이 없으리라 생각할 것이다. 그러나 이는 현실과 다르다. CNN의 조사 결과가 보여주듯 차별과 편견의 위험, 그리고 공감의 필요성을 의식적으로 가르치지 않는다면, 아이들은 피부색의 차이로 사람을 판단하고 부정적으로 바라보는 고정관념을 갖기 십상이다. 이 책에서 엘리어트가 흑인이 한 명도 없는 마을의 백인 아이들에게 군이 차별 실험을 했던 이유도, 피부색에 근거한 차별이 터무니없다는 사실을 일부러 깨우치지 않는다면 아이들 스스로도 모르는 사이에 편견이 싹터 마치 그들 자신의 믿음인 것처럼 자리 잡게 되리라 우려했기 때문이다.

사람들은 종종 "아이들은 백지 상태로 태어나는데 부정적 환경에 처했기 때문에 의식이 왜곡되고 차별적 태도를 갖게 된다"라고 말한다. 과연 그럴까? 안타깝게도 과학은 그렇지 않다는 사실을 들려준다. 백지 상태인 아이는 없다. 인간은 태어나면서부터 공동의 목적이라는 감각을 갖게 되며 '우리'에 귀속되려는 성향을 자연스럽게 발달시킨다. 한 사회가 갖는 관용과 배려의 수위에 따라 그 정도가 달라지겠지만, 구분과 경계, 고정관념의 형성과 차별은 일정 정도로는 어쩔 수 없이 발생한다. 부족적 본능에 근거해 '우리'와 '그들'을 나누는 성향, 먼 옛날에는 효율적이었을지 몰라도 현대를 살아가는 데에는 맞지 않는 마음의 태도가 우리 안에 있는 것이다. 되레 인간이 본성상 차별을 하지 않는 존재라고 바라보는 낙관주의가 문제를 더 어렵게 만들 수도 있다. 나와 다른 사람을 차별하지 않고 함께 살아가는 문제는 세대가 거듭될 때마다 반복해서 교육하고 일부러 깨우쳐야 하는, 끝나지 않는 숙제와 같다.

　하지만 나쁜 소식만 있는 건 아니다. 집단 간의 편견과 적대 못지않게 서로 협력하는 모습도 숱하게 관찰되어온 인간의 본능적 속성 가운데 하나다. 저널리스트 데이비드 베레비(David Berreby)가 《우리와 그들, 무리 짓기에 대한 착각(Us and Them: Understanding Your Tribal Mind)》에서 소개한 '로버스 케이브(Robbers Cave)' 캠프 실험은 그처럼 집단 구분에서 비롯되는 암울한 상황, 그리고 이를 뛰어넘는 해결의 실마리를 함께 보여준다.

　1954년 심리학자 무자페르 셰리프(Muzafer Sherif)와 연구진은 오클라호마 주에 사는 백인 중산층 출신의 열 살 소년 스물두 명을 두 그룹으로 나누어 각각 따로 캠프장에 보냈다. 이들은 널따란 캠프장에 자신들 말고 다른 그룹이 있다는 걸 모르는 상태였다. 각 그룹은 누가 시키지도 않았는데 각각 '방울뱀'과 '독수리'라는 이름과 심벌, 그룹 내의 행동 규칙을 만들면서 놀았다. 엿새째가 되던 날, 소년들은 어디선가 들려오는 낯선 목소리에 캠프장에 다른 그룹도 있다는 사실을 알게 되었다. 소년들의 첫 반응은 '쫓아내자'와 '한판 붙자'였다고 한다. 마침내 서로 마주치게 된 두 그룹은 그날부터 열 살짜리 소년들이 생각해낼 수 있는 모든 욕설을 동원한 전쟁을 벌였다. 성장 환경이 비슷한 또래의 백인 소년들이 상대의 존재를 전혀 모르는 채 캠프장에 도착한 지 2주 만에, 마주칠 때마다 서로 '거지', '계집애', '깜둥이', '빨갱이'라고 부르며 싸우는 적대적인 두 집단으로 변해버렸다.

여기까지만 보면 상황은 절망스럽다. 간단한 표지로 집단을 가르고 배척과 반목을 일삼는 사람들의 행태 그대로다. 그러나 베레비는 셋째 주의 실험에 주목할 필요가 있다고 강조한다. 연구진은 이들이 집단 구분을 버리고 전체를 하나의 집단으로 인식하는 일이 가능한지를 실험했다. 그리고 두 그룹의 소년들 모두가 맞닥뜨리고 함께 해결해야 하는 목표를 순차적으로 제시했다. 우선, 캠프의 유일한 물탱크 꼭지를 막아버렸다. 멀리 야영장에 데려가며 음식을 배달하는 트럭을 일부러 고장 내고, 소년들이 힘을 합해 음식을 스스로 준비할 수밖에 없는 상황을 만들고, 일부러 뒤섞인 텐트를 나눠주었다. 공통의 과제를 어쩔 수 없이 함께 해결해가면서 소년들 사이에서는 '그들'을 비하하는 충동이 잦아드는 동시에 '우리'에 대한 열광도 시들해졌다. 일주일 뒤 집으로 돌아가는 버스 안에서 소년들은 그룹 구분을 무시하고 섞여 앉았다.

이 실험의 결론은 "사람들은 나와 비슷한 사람을 쫓아 한 패가 되는 게 아니라, 한 패가 되고 난 뒤 서로 비슷하다고 생각한다"는 것이다. 패거리의 구분은 외부의 객관적 실체에 따른 것이 아니라

지극히 자의적이다. 서로 경멸하다 일주일 만에 그룹 구분을 뛰어 넘은 소년들처럼, '우리'와 '그들'의 경계는 상황에 따라 얼마든 지 달라지거나 무너질 수 있다. 실험 결과에 고개를 주억거리다가 도 한 가지 의문이 든다. 만약 현실에서도 갈등을 겪어본 그룹, 예 컨대 백인과 흑인 소년 그룹을 대상으로 실험했어도 같은 결론에 도달했을까?

베레비에 따르면, 비슷한 의문을 품은 다른 심리학자가 9년 뒤 실험을 재연했다. 이번엔 종교 분쟁이 심한 레바논에서 기독교인 열 명과 모슬렘 여덟 명을 모았다. 연구진은 소년들을 섞어 '푸른 유령'과 '붉은 요정' 팀으로 나누었다. 예상대로 두 그룹은 싸우기 시작했는데, 싸움이 너무 살벌해진 탓에 연구진은 도중에 실험을 중단할 수밖에 없었다. 뜻밖의 사실은 싸움이 현실 세계에서 죽고 죽이던 기독교 대 이슬람이 아니라, 푸른 유령 대 붉은 요정 팀 사 이에서 일어났다는 것이다. 외부 세계와 격리된 캠프에 들어오자 소년들은 도저히 타협 불가능할 것 같던 기독교인 대 모슬렘이라 는 구분을 쉽게 버리고 그 대신 캠프에서 형성해준 조건 대로 푸른 유령 대 붉은 요정의 구분을 선택했다.

다소 위험해 보이는 이 두 실험이 들려주는 교훈은 희망적이다. '우리'와 '그들'이라는 구분은 고정된 실재가 아니라 마음속에 존 재하므로 언제든 달라질 수 있다. 자의적인 '무리 짓기'는 어처구

니없는 편 가르기와 차별이라는 결과를 낳기도 하지만, 반대로 서로 다르다고 굳게 믿는 집단이 사실은 별로 다르지 않으며 경계를 허물 수 있다는 해결의 실마리를 보여주기도 한다. 만약 '로버스 케이브' 캠프의 소년들처럼 '우리'의 폭을 넓힌다면 어떻게 될까? 같은 그룹 안의 사람끼리도 얼마나 다른지, 그리고 다른 그룹의 사람들도 얼마나 비슷한지를 알게 해 그룹 간의 경계를 흐릿하게 만들어버린다면, 어떤 일이 일어날까?

엘리어트는 이 경계를 뛰어넘는 방법으로 '우리'를 '그들'의 자리로 몰아넣는 실험의 형식을 선택했다. 그녀는 눈동자 색에 따라 '우리'와 '그들'을 나누어 아이들을 불행하게 만들었지만, 아이들은 자신이 있던 안전한 자리를 떠나 '그들'의 처지에 서보는 경험을 했다. 이런 교육 방법이 옳은지를 둘러싼 논란과 별개로, 상대방의 처지를 체험하게 함으로써 임의적 차이로 집단을 구분하는 일이 얼마나 폭력적인지를 깨닫고 다른 사람에게 공감하는 마음의 훈련은 여전히 중요하다고 생각한다.

인종차별에 대응하는 다문화 교육이 발달한 미국에서는 이 밖에도 집단의 경계를 뛰어넘으려는 목적으로 고안된 교육 방식이 많다. 예를 들면, 인종적·민족적 배경이 다른 아이들이 뒤섞여서 협력하는 조건을 만드는 조각 그림 맞추기 수업(Jigsaw Classroom)이 있다. 이 수업의 진행 방식은 이렇다. 아이들을 여섯 명씩 여섯 개 그룹으로 나누고, 각 그룹은 수업 시간에 필요한 정보의 6분의 1

만 배운다. 그런 다음 각 그룹의 구성원이 한 명씩 고루 섞이도록 다시 그룹을 짠다. 새로운 그룹에 들어온 아이들은 자기가 이전 그룹에서 배운 내용을 서로 설명해주면서 정보 전체의 퍼즐을 맞춰간다. 공통의 목표를 위해 다른 사람들과 협력해야 하는 방식의 이 수업은 인종 간의 관계를 개선하고 자긍심을 높이는 데 효과적인 결과를 보였다. 또 인종이라는 범주 자체를 버리도록 고안된 차별 방지 교육도 있다. 아이들이 상대방을 어떤 인종적 그룹의 구성원이라고 바라보는 대신 개인의 특질에 관심을 기울이도록 유도하는 방식이다.

그러나 내가 과문한 탓인지는 몰라도, 다양성의 존중을 가르치는 여러 교육 방법 가운데 인종적 편견과 고정관념을 장기적으로 감소시켰다고 두루 인정받은 하나의 방법은 아쉽게도 아직까지 없다고 들었다. 최상의 교육 방법을 고안해내지 못해서가 아니라, 쉽게 경계를 짓고 고정관념을 만들어내는 우리 마음의 습관이 그만큼 강고하기 때문인지도 모른다.

상대방의 신을 신고 걸어보기

인종에 대한 편견은 한국 사회와 무관한 말일까? 통계로만 봐도 그렇지 않다. 2010년 국내에서 결혼한 부부 열 쌍 중 한 쌍이 다문화가정일 정도로 결혼 이민자와 이주자 수가 늘어나고 있지만, 한국 국민 사이에서는 여전히 자민족 중심적 태도와 의식, 이에 근거해 우리보다 못하다고 간주하는 외국인에 대한 우월감이 강하다. 2011년 7월 국가인권위원회의 발표에 따르면, 피부색, 인종, 민족, 종교, 출신 국가 등 다문화적 요소를 이유로 차별당했다며 진정을 제기한 사례가 2005년부터 2010년까지 6년간 두 배로 급증했다. 또 2012년 4월 여성가족부가 성인 2500명을 대상으로 실시해 발표한 '다문화 수용성 조사'에서 '다양한 인종, 종교, 문화가 공존하는 것이 좋다'고 응답한 사람은 전체의 36퍼센트였다. 이는 유럽 18개국의 평균 찬성 비율인 74퍼센트의 절반 이하다.

게다가 한국 사회에서 유독 두드러지는 현상은 이주자 출신국의 경제력, 당사자의 피부색에 따라 대하는 태도가 달라지는 경향이다. 같은 다문화가정이라도 일본에서 온 이주자보다 베트남, 캄보디아 등에서 온 이주 여성과 아동은 상대적으로 큰 차별 대우를 받는다. 솔직히 나는 다문화와 관련한 한국의 현주소는 인종차별주의, 그것도 백인은 선망하고 피부색이 어두운 동남아시아인이나 흑인은 차별하는 이중적 인종차별주의에 불과하지 않은가 하고 생각할 때가 종종 있다.

이 글을 쓸 즈음, 새누리당 비례대표로 국회의원이 된 필리핀 출신 결혼 이주 여성 이자스민 씨에 대한 공격을 우려하는 기사가 주요 매체를 도배했다. 이자스민 씨에 대한 공격은 사회의 상층부에 오르게 된 이주민이 겪을 수밖에 없는 통과의례인 걸까? 하지만 몇 년 전, 독일 출신 결혼 이주 남성인 이참 씨가 한국관광공사 사장이 됐을 땐 누구도 공격하지 않았다. 주요 매체에 실린 이런 지적에 공감하며 한국인의 이중성에 혀를 차다가 한편으론 고개가 갸우뚱해졌다. 같은 매체들이 그 직전 수원에서 발생한 여성 토막 살해 사건을 보도할 때에는 외국인 혐오증을 부추기기라도 하듯 '조선족, 또 한국인 살해'와 같은 제목을 뽑았던 게 생각나서였다. 흉악범을 묘사하면서 범죄 자체와 무관한 민족적 특성을 끄집어내어 한국인에게 테러를 가한 이방인으로 규정하는 시각 역시 지독한 차별 아닌가?

나는 이주자의 부적응보다 한국인들이 이주자들에게 행하는 차별과 배제가 다문화 사회와 관련해 가장 심각한 문제라고 본다. 사실 말이 좋아 '다문화 사회'지, 우리는 다문화 사회를 받아들이기 위한 준비 과정을 제대로 거치지 못했다. 다문화에 대한 관심이 확산된 것은 2000년대 초반 결혼 이주 여성이 폭발적으로 증가하면서부터였다. 2006년 정부가 결혼 이주 여성에 대한 대책을 수립하면서 '다문화'라는 용어가 쓰이기 시작했다. 다문화가 국제결혼 가족을 일컫는 말로 한정돼버린 것이다.

이처럼 한국의 다문화는 이주자의 문화적 차이를 인정하고 정책과 제도에 이를 반영하는 본래적 의미와는 거리가 멀다. 이른바 '다문화 없는 다문화 사회'인 셈이다. 모든 정책은 결혼 이주자 여성과 그 자녀의 교육 등 궁극적으로 한국인으로 포함되는 대상에만 초점이 맞춰져 있다. 결혼 이민자의 '동화(同化)'에만 주력할 뿐, 그 외의 이주 노동자는 고려 대상에서 빠졌다. 결혼 이민자도 복지의 시혜 대상으로 간주함으로써 의도하지 않게 다문화라는 개념 자체가 차별적 용어로 인식되는 낙인 효과도 생겨났다.

초국가적 이주는 계속 늘어나고 한국의 인구 구성은 더욱 다양해질 터이다. 현재 한국 사회가 대답해야 하는 질문은 다른 문화나 특정 집단을 받아들일 것이냐 마느냐를 논의하는 다문화 이전에, 나와 다른 사람을 어떻게 대해야 하느냐 하는 보편적 인권의 문제다. 외국인인 '그들'을 어떻게 변화시킬지를 생각하기에 앞서 우리 사회가 어떻게 달라져야 하는지를 생각할 때다. '그들'이 아니라 바로 '우리'의 과제인 것이다.

2011년 세이브더칠드런이 초등학생을 대상으로 실시한 비차별 연극 수업 프로젝트는 이와 같은 문제의식에서 비롯되었다. 흔히 '다문화 캠페인' 혹은 '다문화 지원 사업'이라 하면 다문화 가정의 아이들만 따로 모아놓고 한국 문화 체험 학습을 하거나 세상에는 다양한 문화가 있다는 것을 강조하는 해외 문화 체험류의 이벤트에서 끝난다. 나는 그보다 다수자인 한국 아이들이 가진 편견을 깨고 자신과 다른 아이들을 차별하지 않도록 가르치는 교육이 더 시급하다고 생각했다. 그런 프로젝트를 기획하면서 제인 엘리어트의 실험을 참고했던 이유는 그 실험의 핵심인 공감 훈련을 무엇보다 중요하게 보았기 때문이다. 나 자신을 상대방의 자리에 갖다 놓아보는 마음의 훈련, 엘리어트의 말마따나 "상대방의 모카신을 신고 1마일을 걸어보는" 노력을 통해 아이들에게 소수자에 대한 차별이 얼마나 나쁜지를 쉽게 이해시킬 수 있을 것 같았다.

엘리어트의 실험에서 차별당하는 사람의 심정을 직접 겪어보는 설정은 유지하되 심리적 스트레스를 최대한 줄이려면 어떻게 하는 게 좋을지, 궁리 끝에 선택한 방법이 연극 수업이었다. 아이들은 연극이라는 안전한 틀 안에서 상처받지 않고 자기가 맡은 역할을 할 수 있다. 동시에 연극이라 해도 아이들이 차별당하는 상황을 연기하면서 겪을 감정 자체는 실제적이므로 감정이입이 가능할 것이다. 이런 기대를 품고 어린이 전문 극단 사다리에 의뢰해 2011년 서울·경기 지역의 5개 초등학교에서 12주간 차별 방지를 위한 연극 수업을 진행했다. 그리고 연극 수업에서 아이들이 보인 반응과 대사, 상황을 재료로 전문 작가의 창작을 거쳐 그해 겨울 〈엄마가 모르는 친구〉라는 공연을 무대에 올렸다.

여기에서는 인천의 한 초등학교 4학년 학생들과 함께 진행한 연극 수업 〈버스 사건, 차별은 노!노!노!〉를 잠깐 소개할까 한다. 극단 사다리의 연극놀이 강사와 배우가 주 1회씩 학교를 방문해 진행한 이 수업의 소재는 1955년 미국 몽고메리 주 앨라배마에서 흑인 여성 로자 파크스(Rosa Parks)가 백인 승객에게 자리를 양보하라는 운전기사의 지시를 거부한 사건이었다. 이 사건은 이후 인종차별에 맞서는 대규모 저항운동이 불붙는 도화선이 되었다.

연극 수업에서 강사는 아이들에게 파크스의 이야기를 전부 들려주는 대신, '버스', '싫어요', '흑인' 등 몇 개 단어를 던져주고 파크스에게 일어난 일을 추측해서 구성하도록 했다. 사건에 대한 설명 없이 핵심 단어만 제시했을 뿐인데도 아이들이 함께 줄거리를 추리할수록 실제 파크스의 이야기와 비슷한 장면이 만들어졌다. 아이들은 돌아가면서 파크스가 되어보기도 하고, 뒤에서 이를 지켜보는 흑인, 파크스가 일어나기를 기다리는 백인, 운전기사, 버스 승차 거부 운동을 벌이는 흑인 인권 운동가, 사건을 취재하는 기자가 되어보면서 직접 대사를 쓰고 역할을 연기했다.

그 뒤 아이들은 과거의 이야기에서 빠져나와 현재의 경험, 즉 현실에서 자신이 직접 차별을 겪어보았는지, 그 경험과 로자 파크스의 이야기 속 차별은 어떻게 다른지, 우리는 자신도 모르는 사이에 편견을 갖고 사람들을 대하지는 않는지 등에 관해 이야기를 나누었다. 그리고 '파크스에게 일어난 일이 2020년 우리에게도 일어난다면?'이라는 가정하에 자신들이 토론한 경험을 소재로 〈버스 사건, 차별은 노!노!노!〉라는 연극을 새로 만들었다. 연극 자체는 어설프게 만들어졌을지언정, 아이들은 역할 연기를 하면서 자신들이 일상에서 겪은 차별의 경험을 떠올리고 재해석하는 모습을 보여주었다. 차별받는 흑인의 역할을 연기했던 열한 살 소년의 소감은 다음과 같았다.

"(흑인이라서 놀림받는 역을 맡았을 때) 기분이 좋지 않았어요. 다 같은 사람인데 피부색이 다르다고 차별받는 일은 안 좋다고 생각해요. 3학년 때 공부 못하는 친구 한 명이 차별당하는 걸 본 적이 있어요. (차별하는 친구들한테) 그러지 말라고 하고 싶었는데, 그때는 말하지 못했어요. (지금 다시 그때로 돌아간다면 놀림당했던 친구에게) 친구들 말에 너무 신경 쓰지 말고 열심히 (공부하려) 노력해보자고 말하고 싶어요. (놀리던 친구들에게는) 친구를 차별하지 말라고 말하고 싶어요. 이제는 차별에 대해 많이 생각해보았기 때문에 예전과 달리 말할 수 있을 것 같아요."

하나의 차별에 대한 각성이 이처럼 다른 깨달음으로 파급되는 경험. 소년이 얻은 이런 소박한 자각이 내게는 이 교육으로 거둔 가장 큰 성과였다. 14년이 흐른 뒤에도 배운 대로 살려고 노력하는 엘리어트의 학생들처럼 이 아이들에게도 오래 지속되는 변화가 일어난다면 좋겠지만, 과욕이라는 것을 안다. 한 번의 수업으로 차별에 강력하게 저항하는 마음이 아이들 사이에 뿌리내렸으리라 기대하지 않는다. 연극 연출자와 배우가 진행한 수업을 일선 교사가 실행하기엔 다소 무리가 있어 일선 교사들도 쉽게 활용할 수 있는 교재 제작을 검토하고 있다. 이 방법 말고도 아이들에게 차별당하는 마음을 공감할 수 있도록 가르치는 더 좋은 교육 방법이 많을 것이다. 그게 무엇이 되었든, 차별적 의식과 태도를 버리고 다양성을 수용하도록 하기 위한 노력이 어릴 때부터 시작되었으면 좋겠다. 나를 다른 사람의 자리에 갖다 놓아보는 경험, 상대방의 신발을 신고 걸어보는 연습은 아무리 많이 해도 지나치지 않다고 생각한다.

나는 아니라고? 정말 그럴까

엘리어트의 실험이 비판받은 지점 중 하나는 다른 사람을 차별할 가능성이 있다는 이유 하나만으로 실제로 누구를 차별해본 적이 없는 사람들에게 죄책감을 갖도록 하는 게 옳으냐 하는 문제였다. 어느 경우든 차별에 대해 말하는 것은 사회의 다수 구성원, 특히 웬만해서는 남을 대놓고 차별하지 않는 선량한 사람들에게는 마음이 복잡해지는 일이다. 라이스빌 주민들이 엘리어트가 주민 전체를 인종차별주의자로 만들어놓았다고 분개하는 것도 어떤 면에서는 이해할 만하다.

1980년대에 재일 한국인들이 차별과 편견의 벽을 뚫고 다문화 공생의 공동체를 만들려고 분투하던 일본 가와사키 시에서도 그랬다. 재일 한국인의 지문 날인 거부 운동이 첨예한 사회적 이슈이던 그 시기에 사회복지법인 세이큐샤(青丘社)가 재일 한국인 청소년들이 중심이 된 회관을 건립하려 하자 이에 반대하고 나선 일본인 주

민들은 이렇게 말했다. "우린 차별한 적이 없다. 우리 마을엔 차별 문제가 없다. 자꾸 후레아이(ふれ-あい, 상호접촉)를 강조하면 지금까지 우리가 차별해온 것처럼 보일 수 있다. 이는 평화로운 마을을 파괴하고, 자는 아이를 깨우는 것과 같다."

가와사키 시의 경험을 정리한 책《다문화교육과 공생의 실현》(김윤정 지음)에서 재일 한국인에 대한 차별에 맞서 싸웠던 활동가 양태호 씨는 이렇게 말했다. "차별을 없애 나가고자 하는 과정에서는 왜 차별을 하면 안 되는가라는 보편적 원리가 도출된다. 그리고 그다음에는 그것이 양날의 칼이 되어 자신은 차별하고 있지는 않은지가 문제가 된다. 그렇기 때문에 차별에 대해 묻는 것은 굉장한 긴장을 동반하는 행위라 할 수 있다."

심지어 인종차별에 관한 한 비타협적 투사였던 제인 엘리어트도 이 양날의 칼 앞에서 자유롭지 못했다. 집을 세놓게 되었을 때 엘리어트는 "세놓을 대상이 백인이냐 유색인종이냐"라는 전화 문의에 '이웃이 전부 백인'이라는 우회적인 말로 유색인을 배제했다. 그 뒤 입으로는 차별의 극복을 말하면서 막상 일이 닥치면 그것을 직면할 능력이 없는 자신을 오랫동안 증오하며 괴로워했다고 고백했다.

차별하지 말자고 말하기는 쉽다. 하지만 편견과 차별에서 벗어난 삶의 방식을 몸에 익히고 실천하는 일은 간단하지 않다. 그러므로 차별을 없애자는 말은 일방적 규탄이나 비판이 아니라 다수자에게 삶을 살아가는 방식에 대해 끊임없이 불편한 질문을 던지는 것이다. 그 불편한 질문을 《블랙 라이크 미》의 저자 존 하워드 그리핀처럼 철저하게 받아안은 사람도 아마 없을 터이다.

백인인 존 그리핀이 미국에서 인종차별이 극심하던 1959년에 피부를 염색하고 흑인으로 변신한 뒤 인종차별의 본산지인 남부를 여행하는 극단적 실험을 한 이유는 한 흑인에게 이런 말을 듣고 나서였다고 한다. "백인이 흑인의 현실에 관해 한 가지라도 이해하려면 어느 날 아침 흑인 피부색을 하고 깨어나는 수밖에 없다." 그래서 그는 그렇게 했다. 피부색을 바꾸고 머리를 깎았다. 그러나 옷차림과 말투, 경력은 그대로 유지했다. 백인들은 자신이 흑인이라는 집단을 차별하는 게 아니라 한 개인의 자질을 보고 판단하는 거라고 주장하곤 했다. 그들 주장대로라면 피부색만 바꿨을 뿐 이름과 작가의 경력을 그대로 유지한 존 그리핀의 삶에는 큰 변화가 없을 것이다. 그러나 그는 불과 몇 시간도 안 되어 자신의 예측이 틀렸다는 걸 깨달았다. 개인적 자질을 보고 그를 판단하는 사람은 아무도 없었다. 모든 사람이 피부색으로 그를 판단했다. 백인 여자나 남자는 흑인인 존 그리핀을 보는 순간, 그가 흑인의 모든 부정적인 특징을 가졌을 거라고 바로 넘겨짚었다. 백인들은 '흑인 존 그리핀'을 한 개인으로 보지 못했다. 나는 이 철저한 시각의 전환이 존 그리핀의 실험에서 가장 놀라웠다. 그는 이렇게 말했다.

"흑인이 전체 '흑인 집단'에 속하는 존재라면, 백인은 항상 개인으로 존재한다. 늘 흑인을 공정하고 친절하게 대하려고 노력해 온 백인은 흑인이 자기들을 믿지 못하거나 심지어 적대시한다는 걸 알면 불편해하고 화를 낸다. 이들은 자신이 흑인에게 이해받지 못하는 대목이 있다는 사실을 알지 못한다. 개인으로는 흑인을 점 잖고 '착하게' 대하던 백인이 집단으로는 어떻게 공모자가 되어 흑인의 인격적 자존감을 파괴하고, 존엄성을 훼손하며, 존재의 섬 세한 결을 뭉그러뜨리는지 이해하지 못하는 것이다."

한국 사회에서 고의적으로 누군가를 차별해본 적이 없는 선량한 사람들이 이주자를 대하는 태도도 이와 비슷하지 않을까? 대체로 이주자를 점잖게 대하지만 특별한 계기가 없는 한 그들을 집단에 속하는 존재 이상인 개인으로 바라보려는 노력을 별로 하지 않는다. 다른 사람의 노골적 차별 행위를 보면 분개하고 부끄러워하면서도, 이주자가 한국인 일반을 공격하면 어딘가 마음 한구석이 불편하다……. 나는 차별할 가능성이 있다는 이유만으로 일부러 죄책감을 자극하는 엘리어트의 방식에 전적으로 동의하진 않지만, 차별이 그저 못된 사람들의 무작스러운 행위가 아니라 자신에게도 질문을 던지는 '양날의 칼'임을 잊지 않는 것은 중요하다고 본다. 내가 비난하는 편견과 고정관념이 내 마음 안에는 없는지, 쉽게 '우리'와 '그들'을 나누려는 마음의 속성이 내 안에는 없는지 들여다보려는 성찰적 노력이 필요하다.

한발 더 나아가서, 집단을 만들고 경계를 설정하고 쉬운 표지로 고정관념을 형성해서 그에 근거해 차별하는 이 고질적인 마음의 습관을 뛰어넘는 궁극적인 길은 개별성의 존중을 핵심에 둔 마음 근육의 단련이 아닐까 생각한다. '나'를 오직 '우리'의 구성원으로만 여기면 공감은 사라진다. 무차별적인 '우리'에 파묻히면 모두 균일한 존재로 돌아가고 만다. 개별성이 사라져 일련번호라도 붙일 수 있을 듯한 균일한 존재에 누가 공감할 수 있을까.

《공감의 시대(The Empathic Civilization)》를 쓴 제레미 리프킨(Jeremy Rifkin)은 우리가 다른 사람에게 공감할 수 있는 이유는 "그 사람의 부서지기 쉬운 유한한 본성과, 그 사람의 약점과 한번뿐인 유일한 목숨을 인정하기 때문"이라고 말했다. 공감은 우리가 "한 사람의 실존적 외로움과 개인적 곤경과 살아남고 성공하려 안간힘을 쓰는 모습을 마치 우리 자신의 것처럼 경험할 수 있는 능력"이다. 수동적 자세인 동정과 달리 공감은 '적극적인 참여'다. 상대방에게서 나 자신을 보고 내 안에서 상대방을 인식할 줄 아는 상상력이다. 상대방의 신을 신고 기꺼이 걸어보고자 하는 마음가짐이고, 다른 사람의 생존을 위한 투쟁을 자신의 것으로 경험하는 능력이다.

'우리'와 '그들'의 구분이 생각의 수고를 덜기 위해 거의 본능적으로 작동되는 낡은 범주라 할지라도 나와 다른 사람이 나처럼 느낄 수 있다고 생각하는 능력, 공감의 능력은 인간성의 필수불가결한 부분 중 하나가 아니던가. 적어도 교실 안, 아이들이 함께 배우는 공간 안에서는, 특히 각기 다른 아이들을 한곳에 모아놓고 가르치는 교사의 머릿속에서는 '우리'와 '그들'에 대한 구분과 경계가 없어야 한다. 그래야 개별성을 고려하기 시작하고, 개인의 고유함을 알아보게 되고 "야, 갈색 눈!", "야, 다문화!" 대신 아이들이 서로의 이름을 불러줄 수 있게 될 것이다.

21세기 한국을 살아가는 당신 역시 어떤 종류든 다수자의 범주에 하나라도 해당되는 게 있는가? 그렇다면 한 번쯤은 제인 엘리어트가 권한 대로 기꺼이 다른 사람의 신발을 신고 걸어보기를 청하고 싶다.

푸른 눈, 갈색 눈

초판 1쇄 발행   2012년 6월 15일
초판 11쇄 발행   2021년 1월 25일
개정판 1쇄 발행   2022년 3월 10일

지은이 윌리엄 피터스
옮긴이 김희경
펴낸이 이상훈
편집인 김수영
본부장 정진항
문학팀 최해경 김다인 하상민
마케팅 김한성 조재성 박신영 조은별 김효진 임은비
사업지원 정혜진 엄세영

펴낸곳 (주)한겨레엔 www.hanibook.co.kr
등록 2006년 1월 4일 제313-2006-00003호
주소 서울시 마포구 창전로 70 (신수동) 화수목빌딩 5층
전화 02-6383-1602~3
팩스 02-6383-1610
대표메일 munhak@hanien.co.kr

ISBN 979-11-6040-783-9 03840